LES

# CAPTIFS

## COMÉDIE DE PLAUTE

TRADUCTION LITTÉRALE

précédée d'une introduction, accompagnée de notes explicatives
et ornée de sept figures

PUBLIÉE PAR

J. P. WALTZING

PROFESSEUR A L'UNIVERSITÉ DE LIÈGE
CORRESPONDANT DE L'ACADÉMIE ROYALE DE BELGIQUE

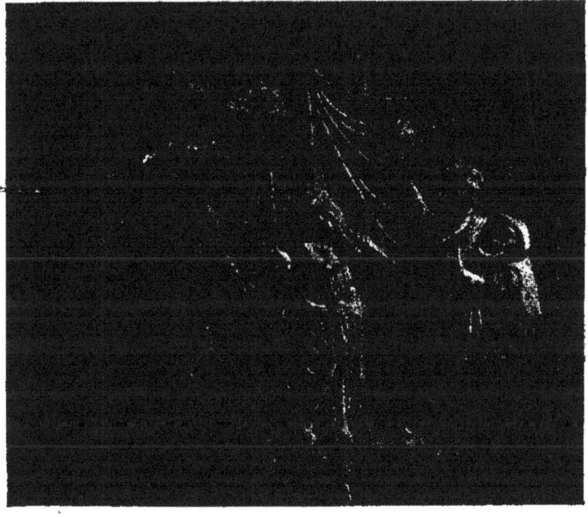

LOUVAIN
CHARLES PEETERS, LIBRAIRE-ÉDITEUR
20, Rue de Namur, 20

1909

PLAUTE

# LES CAPTIFS

LES

# CAPTIFS

## COMÉDIE DE PLAUTE

TRADUCTION LITTÉRALE

précédée d'une introduction, accompagnée de notes explicatives et ornée de sept figures

PUBLIÉE PAR

J. P. WALTZING

PROFESSEUR A L'UNIVERSITÉ DE LIÈGE
CORRESPONDANT DE L'ACADÉMIE ROYALE DE BELGIQUE

LOUVAIN
CHARLES PEETERS, LIBRAIRE-ÉDITEUR
20, Rue de Namur, 20

1909

# INTRODUCTION.

Les Romains distinguaient deux sortes de comédies : la *fabula palliata*, c'est-à-dire la comédie empruntée à un poète grec, traduite et adaptée au théâtre latin, dont l'action se déroule dans une ville grecque et dont les personnages portent le *pallium* ou manteau grec (ἱμάτιον) ; et la *fabula togata*, comédie nationale, dont la scène est dans une ville de l'Italie et dont les personnages sont vêtus de la toge romaine.

Les vingt comédies de Plaute que nous avons conservées, sont des *fabulae palliatae*.

A quel poète grec Plaute a-t-il emprunté ses *Captifs* ? — Nous n'en savons rien et, à moins qu'un papyrus égyptien ne nous rende son modèle grec, nous ne le saurons probablement jamais (1).

Comme cette pièce diffère entièrement des autres pièces de Plaute et de Térence, qui sont empruntées à la *Comédie nouvelle*, on a supposé que les *Captifs* étaient tirés de la *Comédie moyenne* (2).

On a exprimé une opinion tout opposée et non moins vraisemblable : les *Captifs* seraient une réaction contre la comédie de Ménandre, dont ils diffèrent par l'intrigue et par les personnages, comme nous le dirons tout à l'heure (3).

En quelle année les *Captifs* furent-ils joués pour la première fois sur la scène romaine ? — L'activité littéraire de Plaute s'étend de l'an 204 avant notre ère jusqu'à sa mort (en 184). Les *Captifs* furent composés vers 193, si l'on en juge d'après certaines allusions (4).

Au vers 888, il y a un jeu de mots sur le nom des Boïens ; or,

(1) HUEFFNER, *De Plauti comoediarum exemplis Atticis* (Goettingue, 1874). p. 41. M. SCHANZ, *Geschichte der roemischen Literatur*, $I^{3}$, p. 76.

(2) Sur l'histoire de la comédie grecque, voy. la bibliographie à la fin de ce volume.

(3) F. LEO, *Plautinische Forschungen*, p. 77-169 Plautus und seine Originale. Voy. surtout p. 126.

(4) W. M. LINDSAY, Édition des *Captivi*, p. 106. E. HERZOG, *Die Rolle des Parasiten in den Captivi des Plautus (Fleckeisens Jahrbücher*, 113, 1876, p. 365). B. MAURENBRECHER, *Hiatus und Verschleifung im alten Latein* (Leipz., 1899), p. 146.

cette puissante peuplade de la Gaule Cisalpine fut définitivement vaincue à Modène en 193.

Au vers 163, il y a une autre plaisanterie sur le nom des *Turdetani*, nation espagnole de la Bétique (Séville), que les Romains apprirent à connaître pendant la seconde guerre punique. Les guerres avec l'Espagne, en l'an 193, devaient faire penser le poète et son public à ce peuple (1).

Cette même année, Hannibal exilé était à la cour d'Antiochus et excitait le roi de Syrie à faire la guerre aux Romains (2). N'est-ce pas à ce roi que le poète fait allusion, quand il dit *rex regum* (v. 825) et quand il parle de *basilicae edictiones* (v. 811) ?

Toutes ces allusions répondent à des préoccupations passagères du public : elles n'auraient plus eu de sel, si elles étaient venues plus tard. Ajoutons qu'au vers 90, le parasite, ne recevant plus aucune invitation à dîner, déclare qu'il ne lui reste qu'à se faire portefaix *(saccarius)* au port du Tibre, hors de la *Porta Tergemina* ; or, Tite-Live parle de ce port *(emporion ad Tiberim)* dès l'an 193 (3).

Cet ensemble d'indices nous paraît concluant.

***

L'action se passe en Grèce, dans une ville inconnue d'Étolie ; c'est sans raison plausible qu'on a dit que c'était Calydon. La scène représente une rue (v. 795) ; au fond, il y a des maisons, parmi lesquelles celle d'Hégion. C'est devant cette maison et aux environs que l'action se déroule.

Par la porte latérale de droite entrent les personnages qui viennent de la ville (du forum) ; par celle de gauche entrent ceux qui viennent de l'étranger (du port, v. 496 : *nunc ibo ad portum hinc)*.

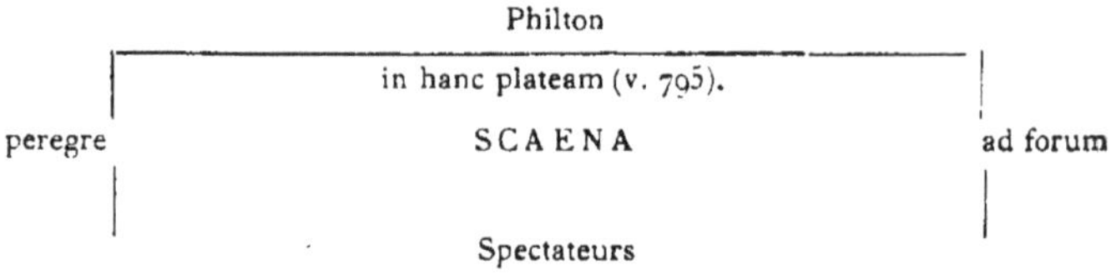

Philton

in hanc plateam (v. 795).

peregre SCAENA ad forum

Spectateurs

(1) TITE-LIVE, 21, 6, 1 (an 218) ; 34, 17, 1 (en 195 : *Omnium Hispanorum maxime imbelles habentur Turdetani*. Plaute rapproche leur nom de *turdus*, grive.

(2) TITE-LIVE, 34, 60 (en 193).

(3) *Ibid*., 35, 10 (en 193) et 41, 27 (en 174).

L'action commence avant midi (v. 127 : *nocte hac)*. Au vers 101, le parasite se rend au forum (v. 478 : *in foro)*, sans doute à l'heure que les Grecs appellent πληθούσης ἀγορᾶς, c'est-à-dire entre 10 heures et midi.

Il fallait quatre acteurs pour jouer les différents rôles : 1) Hégion ; 2) Philocrate et Aristophonte ; 3) Tyndare et Philopolemus ; 4) Ergasile, Stalagmus et le chef des *lorarii*. Il y avait en outre des personnages muets, *lorarii* ou correcteurs, esclaves et captifs.

Théâtre de Pompéi.

Le même acteur pouvait facilement jouer le rôle de deux personnages qui ne paraissaient pas en même temps sur la scène, surtout quand l'emploi du masque *(persona)* eut été introduit (1).

* * *

Jusqu'où allait l'originalité de Plaute, de Cécilius, de Térence, et en général des poètes de la *fabula palliata ?* En d'autres termes, jusqu'à quel point adaptaient ils les pièces grecques au théâtre latin?

Nous avons là-dessus un témoignage précieux de Cicéron. Après avoir cité un personnage de Cécilius, l'orateur ajoute : « Certes il

(1) M. Schanz. *Gesch. der roem. Lit.*, $I^3$, p. 200. van Wageningen, *Album Terentianum* et *Scaenica Romana*, pp. 33-41. Groningue, Noordhoff, 1907.

est indifférent que je cite un jeune homme de la comédie (un Grec) ou quelque habitant de la campagne de Véies (un Romain). Les poètes n'ont créé ces fictions que pour nous présenter, par des personnages étrangers, la peinture de *nos* mœurs et l'image de la vie ordinaire ». *Etenim haec conficta arbitror a poetis esse, ut effictos nostros mores in alienis personis expressamque imaginem vitae cotidianae videremus. (Pro Roscio Amerino*, 16, 47).

Et commentant ce passage, Patin s'exprime ainsi : « Dans cette *fabula palliata*, que d'infidélités au costume, infidélités volontaires qui transportent le spectateur à Rome lorsqu'il se croyait à Athènes,

Théâtre d'Herculanum (maquette).

qui, sous le *pallium*, vêtement officiel de la comédie, lui découvrent, par instants, la toge livrée elle-même à la risée ! » (1)

C'est Plaute surtout qui dépeint la vie romaine dans ces pièces empruntées à la Grèce. En effet, tandis que Térence tient à garder intacts le caractère hellénique et l'atticisme de ses modèles, Plaute adapte ses pièces au goût et aux mœurs des Romains et surtout de la plèbe romaine. Il ignore complètement ce que nous appelons la couleur locale ; on peut dire, d'ailleurs, que cette règle était incon-

(1) PATIN, *Études sur la poésie latine*, t. II, p. 237. EUG. BENOIST, Édit. du *Rudens*, p. 7, et de l'*Aululaire*, p. 5-6. F. PLESSIS, *La poésie latine* (Paris, Klincksieck, 1909), p. 55.

nue des anciens. De même que les Grecs, les Romains et les Turcs de Racine parlent comme des Français du XVIIe siècle (1), les personnages de Plaute, bien que Grecs et vivant en Grèce, parlent souvent comme des Latins (2). Ils font allusion aux dieux, aux lois, aux magistrats, aux institutions, aux coutumes des Romains. C'est ainsi qu'il est question, dans une plaisanterie, des sacrifices qu'on fait à son *Génie* (290) ; ce sont les *questeurs* qui vendent le butin (111) ; c'est le *préteur* qui délivre un sauf-conduit (450) ; le parasite

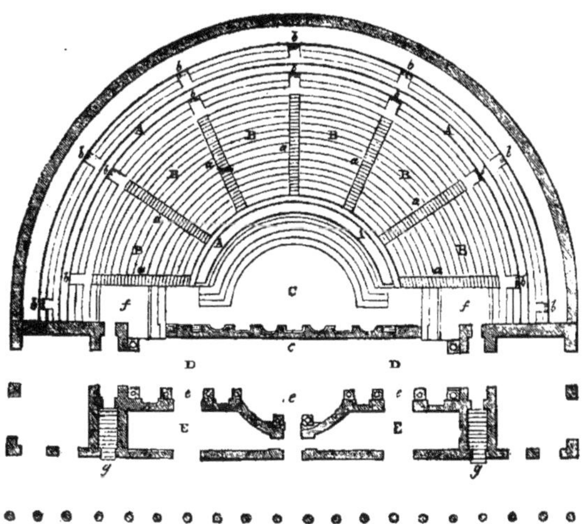


A praecinctiones. *a* scalae. B cunei. *b* vomitoria. C orchestra. *c* pulpitum. D proscaenium. *d* scaena. E postscaenia. *f* place des magistrats *g* escalier spécial de ces places.

qui profère des menaces est comparé à l'*édile* qui publie des *édits* (823), en même temps qu'à l'agoranome grec (824). Dans un endroit, le parasite se dit investi de la *praefectura iuri dicundo* et, en cette qualité, il rend des arrêts (907). Le droit romain fournit les mots

(1) H. Taine, *Essais de critique et d'histoire*. Voyez aussi l'*Essai sur les Fables de La Fontaine*, du même auteur.

(2) Et dans les *Captifs* plus encore que dans les autres pièces de Plaute. Suivant Naudet, « il n'y a pas de comédie gréco-latine où soit plus généralement répandue la couleur des mœurs et des coutumes romaines, et où l'on puisse moins observer les traces et l'air de l'imitation ».

*cluens* (335), *res prolatae* (78), *tribus* (476), *barbarica lex* (492), *sine sacris hereditas* (775), *patricii pueri* (1002) ; c'est au langage religieux des Romains que sont pris les *larvae* (598), les *feriae* (770), le sacrifice au Génie (290), et l'expression proverbiale : *inter sacrum saxumque stare* (617). La langue militaire a donné le terme *legio* (451), pour désigner l'armée, puis *ballista*, *catapulta*, *aries* (796-797). Enfin, à la topographie romaine appartiennent la *porta Trigemina* (90), le forum (478), le Vélabre (489), les *subbasilicani* (815). Citons encore : *libella argenti* (947) et les vers 153 à 166, où l'armée des fournisseurs de la cuisine reçoit des noms plaisants, empruntés aux troupes des alliés ou des sujets de Rome (1).

Il est donc bien clair que Plaute ne s'applique pas à dépeindre la vie grecque, moins encore celle de l'Étolie ou de l'Élide ; il ne songe pas même à nous transporter dans une ville déterminée, car l'Étolie et l'Élide sont pour lui des noms de provinces. La comédie grecque était devenue une peinture générale de la vie privée, elle était cosmopolite et voilà pourquoi il fut si facile de l'adapter au théâtre romain. Plaute la rend encore plus propre à plaire à son public en y mêlant des détails de la vie romaine.

Cependant le lieu de la scène est en Grèce (2), les personnages restent Grecs, et l'on aurait tort de croire que Plaute songe à effacer les détails qui trahissent l'origine de la pièce. L'esclave, cherchant une comparaison pour faire ressortir l'ingéniosité de son maître, pense au philosophe Thalès de Milet (274) ; le parasite, qui est réduit à faire maigre chère, se compare aux Laconiens endurants (471) ; Tyndare parle de la folie d'Alcméon, d'Oreste, de Lycurgue et d'Ajax (562, 615) ; enfin, c'est par mines qu'on évalue le prix d'un esclave et Hégion, entendant Ergasile donner des ordres, conjecture que les Étoliens l'ont élu agoranome (829). Plaute adopte aussi le langage des Grecs quand il parle de la « loi barbare » et de villes « barbares » pour désigner la loi romaine et les villes latines (v. 492 et 884).

Ce mélange de choses grecques et romaines était loin de déplaire aux spectateurs romains : les unes les amusaient, parce qu'elles leur étaient bien connues ; les autres les transportaient dans un monde qu'ils étaient avides de connaître, car la Grèce exerçait, dès cette

(1) Au vers 725, Hégion envoie Tyndare *in latomias lapidarias*. L'adjectif latin nous semble ajouté par pléonasme, pour faire mieux comprendre du public le mot grec λατομία (en latin : *in lapicidinis*, v. 1000).

(2) L'action a pour point de départ une guerre entre Étoliens et Éléens : cette guerre n'exista probablement que dans l'imagination du modèle de Plaute et c'est en vain qu'on en chercherait des traces dans l'histoire.

époque, une grande séduction sur Rome, par ses lettres, ses arts, ses sciences et toute sa civilisation plus avancée : *Graecia capta ferum victorem cepit.*

Il faut bien remarquer que les spectateurs aimaient beaucoup les pièces grecques et s'en amusaient d'autant plus qu'elles étaient plus grecques (1). Plaute disait :

> Atque hoc poetae faciunt in comoediis :
> omnis res gestas esse Athenis autumant,
> quo illud vobis graecum videatur magis.
> *Menechmes*, 7.

* * *

Les avis diffèrent beaucoup sur la valeur littéraire des *Captifs*. Janus Dousa, philologue hollandais du XVII^e^ siècle, disait : *Quotiescumque manum Plauti Captivis iniectare libet, me sibi prorsus consimilem, hoc est captivum reddunt.* Le poète Lessing, dans un écrit de sa jeunesse, va jusqu'à dire : « Les *Captifs* sont la plus belle pièce qu'on ait jamais vue sur la scène : elle atteint pleinement le but de la comédie et elle est aussi abondamment pourvue des autres beautés accidentelles » (2). D'autres critiques, au contraire, la jugent mauvaise, mal composée et remplie d'invraisemblances (3).

Ce sont là des exagérations évidentes Voici l'opinion d'un bon juge, de M. F. Plessis (4). Il fait remarquer d'abord que la pièce repose sur des invraisemblances un peu fortes : « Hégion sait (v. 335) que son fils est esclave du médecin Ménarque : pourquoi n'a-t-il pas fait quelques démarches pour le racheter ? Philocrate voit qu'il a affaire, en Hégion, à un très brave homme ; pourquoi ne lui adresse-t-il pas ouvertement une proposition d'échange au lieu d'inventer une machination périlleuse et ridicule ? (5) Pourquoi, et comment l'esclave Stalagmus arrive-t-il d'Élis ? »

(1) *Hist. de la litt. grecque*, tome III, p. 603.

(2) Lessing, *Kritik über die Gefangenen des Plautus*. N. Lemercier, dans son cours de littérature (tome II, p. 301) la déclare une œuvre hors de pair.

(3) Voyez par exemple, l'analyse et l'examen des *Captifs*. par Andrieux, dans l'édition Nisard, p. 57.

(4) F. Plessis, *La poésie latine*, p. 59.

(5) « Nous pourrions nous demander, pourquoi les deux Captifs, se trouvant en la puissance d'un si bon homme qu'Hégion, non moins empressé qu'eux-mêmes à conclure un accord qui leur procure leur liberté en lui rendant son fils, dressent un si périlleux échafaudage d'impostures, sans aucune intention de dol ni de fraude, sans une raison de danger réel et pressant, seulement pour le

Pourquoi donc cette pièce a-t-elle beaucoup plu aux anciens et plaît-elle encore ? C'est sans doute qu'elle rachète ses défauts par d'incontestables mérites. « La Comédie des *Captifs* est très morale ; ceci ne pouvait être indifférent aux Romains, le peuple le plus moraliste de l'Antiquité ; elle est attendrissante et sentimentale ; le comique s'y mêle au sérieux, sans excès ; elle contient de beaux vers dramatiques et sentencieux et de bons passages. »

*
* *

Les *Captifs* forment une exception unique dans le théâtre de Plaute et dans tout ce qui reste du théâtre des Grecs et des Romains : une comédie sans intrigue amoureuse, sans rôle de femme, sans aucun des personnages ordinaires de la *fabula palliata*.

Rien n'était moins varié que les *sujets* de la comédie nouvelle. M. Maurice Croiset résume ainsi ce que l'on peut appeler la fable-type : « Un jeune homme s'éprend d'une jeune fille inconnue : divers obstacles s'opposent à la réalisation de ses vœux, la condition de la jeune fille, le manque d'argent, la volonté d'un père ou d'un tuteur ; un esclave rusé aide le jeune homme ; on réussit et on échoue, on espère et on désespère ; à la fin, on découvre que la jeune fille est de naissance libre ; tout se termine par un mariage. »

C'est toujours le même sentiment, l'amour, que le poète met en scène ; Ovide le dit :

Fabula iucundi nulla est sine amore Menandri (1).

Quant aux *caractères* qui reviennent constamment dans la comédie ancienne, Térence, Quintilien et Apulée en ont dressé la liste. Voici ce que dit, dans un prologue de Térence, le chef de la troupe, L. Ambivius Turpio :

Adeste aequo animo, date potestatem mihi
statariam agere ut liceat per silentium,
ne semper servos currens, iratus senex,
edax parasitus, sycophanta autem impudens,
avarus leno adsidue agendi sint mihi
clamore summo, cum labore maxumo.

*Eun.*, v. 35 et s.

plaisir de le tromper ; car le captif, qui a dû son évasion à la ruse, revient de son plein gré, avec le fils d'Hégion, pour consommer l'échange qui aurait pu se négocier sans tous ces complots.

» Mais les Romains applaudissaient à un jeu de scène qui les amusait, sans exiger qu'on leur rendît compte des motifs et des circonstances qui l'avaient produit ». NAUDET.

(1) OVID., *Tristes*, II, v. 369.

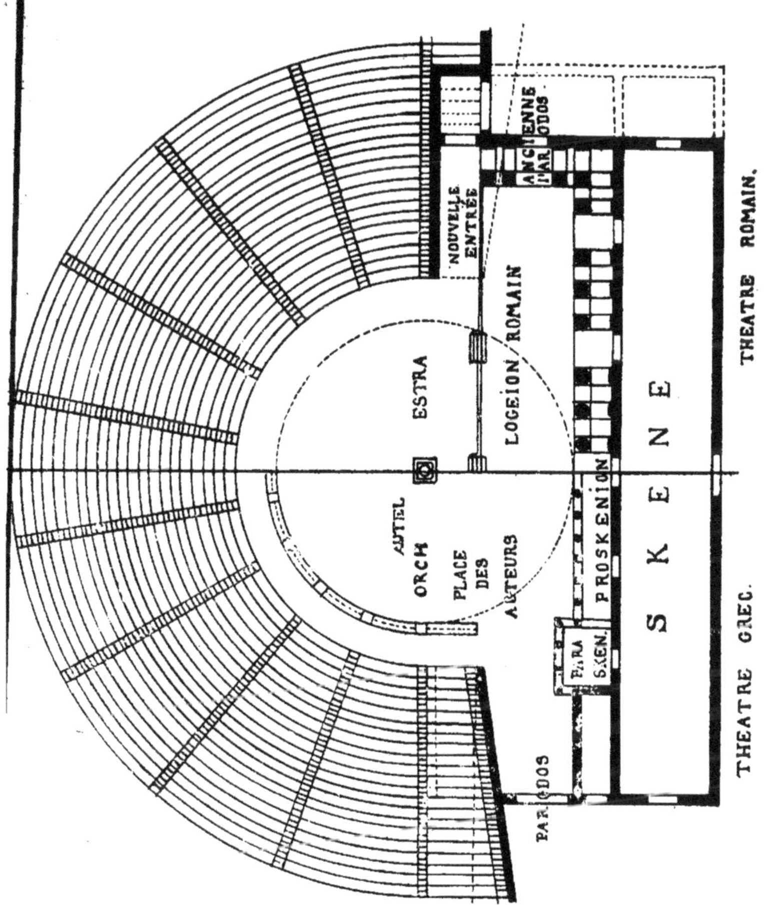


Doerpfeld, *Das griechische Theater*.

Quint., *Inst. orat.*, XI, 3, 74 : *In comoediis vero praeter aliam observationem, qua servi, lenones, parasiti, rustici, milites, meretriculae, ancillae, senes austeri ac mites, iuvenes severi ac luxuriosi, matronae, puellae inter se discernuntur, pater ille, cuius praecipuae partes sunt, quia interim concitatus, interim lenis est, altero erecto altero composito est supercilio.*

Enfin, Apulée caractérise ainsi les personnages : « le marchand d'esclaves parjure, l'amoureux bouillant, l'esclave fourbe, la maîtresse perfide, l'épouse acariâtre, la mère faible, l'oncle grondeur, l'ami secourable, le soldat fanfaron, les parasites faméliques, les pères entêtés, les courtisanes éhontées ». *Et leno perfidus et amator fervidus et servulus callidus, et amica illudens et uxor inhibens et mater indulgens, et patruus obiurgator et sodalis opitulator et miles proeliator, sed et parasiti edaces et parentes tenaces et meretrices procaces* (*Florida*, 16, 64).

Telle est l'intrigue, tel est le personnel ordinaire de la comédie nouvelle (Philémon, Ménandre et Diphile) et de la *fabula palliata* (Plaute, Cécilius et Térence).

Rien de pareil dans les *Captifs*. Cette pièce est une *fabula stataria* (1), d'allure tranquille, dont l'intérêt repose sur les caractères et les situations, plus pathétiques que comiques. C'est un drame bourgeois, sentimental et attendrissant, plutôt qu'une comédie. L'abnégation et la fidélité de l'esclave Tyndare, qui se dévoue pour son maître ; la loyauté du jeune Philocrate, qui revient délivrer le serviteur fidèle ; les tribulations et les joies du bon vieillard Hégion, qui a perdu ses deux fils et finit par les retrouver : voilà ce qui intéresse et attendrit le spectateur. Toute l'intrigue, l'attente où nous sommes jusqu'au retour de Philocrate, repose sur une idée morale : la fidélité réciproque du maître et de l'esclave.

« Le trait de vertu qui fait le sujet de cette comédie devrait être particulièrement agréable aux Romains. Un esclave se dévouant pour son maître leur semblait un très bon modèle et flattait leur orgueil. Leur histoire offre de pareils exemples en réalité. L'écuyer de Flaminius fut tué au lac de Trasimène en couvrant son maître de son corps (Tite-Live, 22, 6). Un enfant endura les plus cruelles tortures pour dérober l'orateur Antoine à une poursuite capitale, et plusieurs proscrits durent leur salut à des esclaves qui se firent égorger pour eux (Valère Maxime, 6, 8). Plus tard, moins les maîtres méritèrent un pareil dévouement, plus impérieusement ils l'exigèrent (Dig., 29, 5. Tacite, Ann., 14, 42-45) (2) ».

(1) Les anciens distinguent trois genres : *fabula motoria*, *stataria*, *mixta*.
(2) NAUDET, Avant-propos.

Plaute se rendait bien compte que cette pièce n'était pas faite sur le patron ordinaire et qu'elle était plus morale que la plupart des *abulae palliatae*. Il a soin de le faire remarquer dans son *Prologue* :

Profecto expediet fabulae huic operam dare :
non pertractate factast neque item ut ceterae,
neque spurcidici insunt versus immemorabiles,
hic neque periurus lenost nec meretrix mala,
neque miles gloriosus. v. 54-58.

Il s'en vante encore dans l'allocution finale du chef de troupe :

Spectatores, ad pudicos mores facta haec fabulast,
neque in hac subigitationes sunt neque ulla amatio
nec pueri suppositio nec argenti circumductio,
neque ubi amans adulescens scortum liberet clam suom patrem.
huius modi paucas poetae reperiunt comoedias,
ubi boni meliores fiant. v. 1029-1034.

Ces vers sont à remarquer : ils prouvent, chez Plaute, l'*intention morale*.

La pièce eût paru trop sérieuse, si le poète n'y avait introduit un personnage épisodique, Ergasile. Le parasite se retrouve dans d'autres pièces de Plaute, mais il n'est pas dépeint, comme ici, « dans toute la force de sa voracité burlesque, de ses risibles sensibilités, de sa loquacité bouffonne ». Ce personnage, que l'on a comparé aux fous des rois et des seigneurs du moyen âge, égaie la pièce par ses bons mots, par ses bouffonneries, par ses désespoirs et par ses espérances. Tyndare lui même, qui nous touche par ses bons sentiments, nous fait rire par ses fourberies. Les scènes du parasite et la scène interminable où Tyndare veut faire passer Aristophonte pour insensé, ont fourni à Plaute l'occasion de déployer sa verve comique : plusieurs critiques ont émis l'avis qu'elles étaient sorties, en grande partie du moins, de l'imagination du poète latin. Quand Plaute tient une scène comique, il l'exploite et en tire tout ce qu'elle peut donner, s'abandonnant à sa verve plébéienne, sans souci de la composition et de la vraisemblance (1).

On a fait remarquer aussi que c'est dans la bouche d'Ergasile que se trouvent la plupart des allusions aux choses romaines, aux faits contemporains et les expressions empruntées au langage romain ; d'autre part, son langage est moins grec que celui des autres personnages. On en a conclu que le rôle du parasite est une

(1) Le talent de Plaute a été excellemment caractérisé par F. Plessis, *La poésie latine*, p. 54-58.

création de Plaute, ou du moins que Plaute s'est servi ici du procédé appelé *contamination*, qui consiste à fusionner deux pièces grecques en une seule ou à insérer dans une pièce des scènes ou des rôles empruntés à une autre (1).

* * *

Toute comédie latine se divise en *diverbia* et en *cantica*.

Les *diverbia* sont écrits en sénaires iambiques et *récités* par l'acteur sans accompagnement de musique.

Le *canticum* est accompagné de la flûte, mais il est ou déclamé ou chanté. Il faut donc distinguer deux sortes de *cantica*. Les uns sont écrits en septénaires iambiques ou trochaïques, ou en octonaires iambiques : ils sont *déclamés* par l'acteur avec accompagnement musical. Les autres sont écrits en vers mélangés, iambiques, trochaïques, anapestiques, crétiques, bacchiaques : ce sont les passages où l'action est animée, où des sentiments vifs ou divers agitent l'âme d'un personnage. Ils sont *chantés* par le *cantor*, avec accompagnement de la flûte, tandis que l'acteur en scène se borne à faire les gestes. Cette étrange disjonction du geste et du chant datait, dit Tite-Live, de Livius Andronicus (2). La musique était composée par un esclave ou un affranchi (3); elle était exécutée par un seul joueur de flûte (*tibicen*), qui était ordinairement le compositeur lui-même.

* * *

(1) E. Herzog, *Die Rolle des Parasiten in den Captivi des Plautus*. Fleckeisens Jahrbücher, 113, 1876, p. 365. — C. Pascal soutient que le parasite est pris à Épicharme (*Rivista di filologia*, 29, 1901, p. 2); Th. Kakridis (*Barbara Plautina*, Athen, 1904, p. 18) veut aussi prouver que le parasite est emprunté à une autre pièce. Voyez *contra* : F. Hueffner, dans *Wochenschrift für klass. Philologie*, 1905, col. 712.

D'autres ont voulu découvrir des contradictions dans certains passages (P. Langen, *Plautin. Studien* (Berlin, 1886), p. 116. Contra : F. Schoell, Edit., p. XVIII), ou des transpositions (E. Havet, dans les *Mélanges G. Boissier* (Paris, 1903, p. 255).

(2) F. Ritschl, *Canticum und diverbium bei Plautus* (Rheinisches Museum, t. 25 et 27 = *Opuscula*, III). G. Boissier, *Canticum*, dans Daremberg et Saglio, *Dictionnaire des Antiquités grecques et romaines*. E. Reisch, *Canticum*, et G. Wissowa, *Diverbium*, dans Pauly Wissowa's *Realencyclopaedie*. Schanz, *Gesch. der roem. Lit.*, I³, p. 170 et 173-174.

(3) La didascalie du *Stichus* de Plaute dit : *modos fecit Marcipor Oppii* (= *Marci Oppii puer*, l'esclave de M. Oppius). C'est *Flaccus Claudi* (*servus*) qui a fait la musique de toutes les pièces de Térence. Sur les flûtes, voy. M. Schanz, *Gesch. der roem. Lit.*, I³, p. 201-202.

Parmi les imitateurs de Plaute, citons : Jean Rotrou, *Les Captifs* (1638), et Lessing, *Die Gefangenen* (1750). Sur les autres adaptations, voy. R. von Reinhardstoettner, *Plautus, Spaetere Bearbeitungen Plautinischer Lustspiele* (Leipzig, 1886), p. 332-355. Clovis Lamarre, *Hist. de la litt. lat.*, I, p. 314.

Notre traduction vise avant tout à l'exactitude. Il existe des traductions françaises (1), qui ont des qualités telles, qu'une version nouvelle pouvait paraître inutile. Elles nous ont rendu service et nous leur avons emprunté plus d'un mot heureux. Mais elles ont été faites sur un texte fautif et n'ont pu mettre à profit les études si nombreuses dont Plaute et les *Captifs* ont été l'objet dans ces dernières années. Parmi les traductions en d'autres langues, nous signalerons seulement celle de W. Binder (*T. Maccius Plautus Lustspiele*, deutsch. Langenscheidt, Berlin).

(1) La meilleure est celle de Naudet, dont les notes souvent piquantes méritent encore notre attention.

# LES CAPTIFS

DE

# PLAUTE

PERSONNAGES :

Ergasile, *parasite.*
Hégion, *vieillard.*
Esclaves correcteurs.
Philocrate, *captif.*
Tyndare, *captif.*
Aristophonte, *captif.*
Un jeune esclave.
Philopolemus, *jeune homme.*
Stalagmus, *esclave.*
La troupe.

## Argument.

Un fils d'Hégion a été fait prisonnier dans un combat ; un autre, à l'âge de quatre ans, a été vendu par un esclave fugitif. Le père achète des captifs éléens, dans le seul dessein de racheter son fils prisonnier, et, parmi eux, il achète son fils autrefois perdu. Celui-ci, changeant de costume et de nom avec son maître, a réussi à le faire congédier ; c'est lui-même qui est puni. Son maître ramène à la fois le captif et l'esclave fugitif, dont le témoignage fait reconnaître par Hégion son autre fils.

Les noms des personnages sont empruntés à la pièce grecque. Ils sont grecs et ont une signification.

Nous possédons des arguments ou sommaires acrostiches de toutes les pièces de Plaute, à l'exception des *Bacchides*; nous avons, en outre, des arguments non acrostiches, en quinze vers (sénaires iambiques), de cinq pièces. On ne sait au juste quel est l'auteur de ces sommaires, ni même à quelle époque ils furent composés.

Il est certain que les arguments des six pièces de Térence, en 12 sénaires iambiques, sont l'œuvre d'un grammairien de Carthage, Sulpicius Apollinaris, qui vivait au IIe siècle de notre ère et qui fut le maître de l'empereur Pertinax et d'Aulu-Gelle (Gell., II, 18, 8. IV, 17, 11). Opitz a cherché à prouver (*De argumentorum metricorum latinorum origine et arte*, *Leipziger Studien*, VI, 1883, pp. 195 sqq.) que les sommaires non acrostiches de Plaute sont de la même époque que ceux de Térence (p. 227), que l'auteur est un grammairien de la même école (p. 229), que les acrostiches sont de l'époque des Antonins (p. 275), que leur auteur imite les arguments non acrostiches (p. 261). Il conclut : Les arguments de Térence sont les plus anciens, puis vinrent les sommaires non acrostiches de Plaute, et enfin les sommaires acrostiches (p. 279).

L'auteur imite le style et la métrique de Plaute. Cette imitation est si bien réussie que Oscar Seyffert se refuse à croire qu'un grammairien du IIe siècle de notre ère ait pu avoir une connaissance si approfondie de la métrique et de la prosodie des poètes scéniques, auxquelles Cicéron avoue ne plus rien comprendre. Il pense que les sommaires des pièces de Plaute ne furent pas composés plus de 100 ans après la mort du poète (184 av. J.-C.). Voy. O. SEYFFERT, *Philologus*, XXV, 1864, p. 448. *Bursians Jahresb.*, 47, 1886, p. 22. LEO, *Plautinische Forsch.*, p. 13. LANGEN, *Berl. phil. Woch.*, 1891, p. 399. SCHANZ, *Gesch. der roem. Lit.*, I³, p. 106.

## Prologue (v. 1-68).

Ces deux captifs que vous voyez ici debout, eh bien, ils se tiennent debout l'un et l'autre, et non assis, parce que ceux que je vois là-bas sont debout (1). Vous-mêmes m'êtes témoins que c'est la vérité que je dis. Le vieillard qui habite ici, Hégion, est le père de celui-ci *(montrant Tyndare)*. Mais comment lui est-il devenu l'esclave de son propre père? C'est ce que je vais expliquer devant vous, si vous me prêtez attention. Ce vieillard avait deux fils : l'un, à l'âge de quatre ans, fut dérobé par un esclave fugitif, qui, s'enfuyant d'ici, est allé le vendre en Élide au père de celui-là *(montrant Philocrate)*. Comprenez-vous maintenant? Très bien. — Mais, par Hercule, en voilà un, au dernier rang, qui dit qu'il ne comprend pas. Eh bien! qu'il approche! S'il n'y a pas de place pour t'asseoir, il y en a pour te promener. (Je te dis cela), puisque tu veux réduire l'acteur à la mendicité. Mais ne t'y trompe pas, je ne vais pas me casser la voix pour te faire plaisir (2). Mais vous autres, qui pouvez déclarer votre fortune au censeur (3), écoutez le reste du récit; car je ne me soucie pas d'avoir le bien d'autrui.

Acteur récitant le prologue.

Donc, cet esclave fugitif, comme je l'ai dit tantôt, vendit au père de celui-ci *(montrant Philocrate)* son jeune maître, qu'il avait enlevé, en s'enfuyant de la maison. Aussitôt qu'il l'eut acheté, celui-là le donna en pécule à son fils, car ils étaient à peu près du même âge. Maintenant celui-ci *(montrant Tyndare)* est esclave de son propre père, et le père n'en sait rien. En vérité, les dieux nous traitent, nous autres hommes, comme des balles à jouer!

(1) Il montre les spectateurs au fond du théâtre.

(2) Ce qui le réduirait à la mendicité.

(3) Les citoyens qui n'avaient pas de biens à déclarer au censeur, étaient rejetés dans la centurie des *capite censi*, exclus de l'armée et sans influence aux assemblées.

Vous comprenez maintenant comment le vieillard a perdu l'un de ses fils.

Les Étoliens ayant fait la guerre aux Éléens, comme il arrive à la guerre, l'autre fils est fait prisonnier. Le médecin Ménarque l'a acheté là-même, en Élide. Hégion se mit à acheter de tous côtés des captifs éléens, pour voir s'il pourrait trouver quelqu'un

Prologus. Van Wageningen, Album Terentianum.

contre qui échanger son fils — j'entends celui qui est captif ; car celui qui est dans sa maison, il ne sait pas que c'est son fils. Et ayant appris hier qu'un cavalier éléen, de très bonne naissance et de très bonne famille, avait été fait prisonnier, il n'a point regardé au prix, parce qu'il regarde avant tout à son fils : afin de pouvoir le ramener plus facilement à la maison, il a acheté aux questeurs ces deux captifs, qui faisaient partie du butin.

Or, ceux-ci ont imaginé entre eux une ruse, par laquelle

l'esclave doit renvoyer son maître à la maison : ils changent entre eux d'habits et de nom ; celui-là (*montrant Tyndare*) s'appelle Philocrate, et celui-ci (*montrant Philocrate*), Tyndare ; l'un passe aujourd'hui pour l'autre. Et aujourd'hui même, celui-ci mènera habilement à bonne fin ce stratagème ; il fera jouir son maître de la liberté, et du même coup il sauvera son frère, il le ramènera libre dans sa patrie auprès de son père, tout cela sans le savoir : c'est ainsi que souvent, en beaucoup de circonstances, on a fait plus de bien sans le savoir qu'on n'en fait sciemment.

Mais, sans qu'ils s'en doutent, le stratagème qu'ils ont préparé et inventé par leur astuce et qu'ils ont imaginé dans leur esprit aura ce résultat que Tyndare restera en servitude chez son propre père. Ainsi, sans le savoir, il est maintenant l'esclave de son propre père. Chétifs humains! combien peu de chose nous sommes, quand j'y pense! Telle est l'action que nous allons jouer ; pour vous, ce n'est qu'une fiction.

Mais il reste encore quelque chose dont je voudrais vous avertir en peu de mots. Assurément, cette pièce ne sera pas indigne de votre attention : elle n'est pas faite sur un sujet rebattu, ni de la même manière que les autres : il ne s'y trouve point de vers orduriers, qu'on ne peut répéter ; ici, il n'y a ni marchand d'esclaves parjure, ni courtisane perfide, ni soldat fanfaron. Et, si j'ai dit que les Étoliens sont en guerre avec les Éléens, ne vous attendez pas (à une bataille) : c'est là-bas, hors du théâtre, que les combats auront lieu. En effet, ce serait au-dessus de nos forces, que de vouloir, avec un matériel comique, jouer tout à coup la tragédie. Par conséquent, s'il y a quelque amateur de batailles, il n'a qu'à chercher querelle ; s'il tombe sur un adversaire plus vigoureux que lui, il assistera, je l'assure, à un combat peu agréable, à tel point qu'il perdra l'envie de voir désormais tout spectacle de ce genre (1).

Je me retire. Adieu, juges très équitables dans la paix et valeureux guerriers dans les combats.

(1) Le prologue se termine par une plaisanterie qui n'est guère plus spirituelle que celle du commencement. Remarque : Si Plaute était « un poète d'âme et de talent plébéiens », si Horace ne goûtait pas son « gros sel », il ne faut pas oublier qu'un lettré tel que Cicéron (*De off.*, 1, 104) le plaçait parmi les comiques qui, laissant à d'autres la bouffonnerie grossière, ont pratiqué l'élégance et l'urbanité : *jocandi genus elegans, urbanum, ingeniosum, facetum*. Voy. Plessis, p. 54.

On appelait *Prologus* le narrateur du prologue, le personnage qui venait débiter le prologue. L'acteur L. Ambivius Turpio, à qui Térence avait confié le soin de réciter le prologue de l'*Hécyre*, se présente au public en disant : « Je viens auprès de vous comme ambassadeur, sous le costume du *Prologus.* » On voit que le *Prologus* portait un costume spécial qui le faisait reconnaître. Dans le *Poenulus,* l'acteur annonce à la fin du prologue qu'il va changer de costume pour jouer dans la piece même (*Ego, ibo, ornabor*, et plus loin : *ibo : alius nunc fieri volo*).

Le rôle du *Prologus* peut être tenu par un personnage de la pièce, comme dans Amphitryon (Mercure), le *Mercator* et le *Miles gloriosus* ; par un personnage allégorique, comme la *Luxuria* dans le *Trinummus*, le *Lar familiaris* dans l'*Aulularia*, et *Auxilium* dans la *Cistellaria, Arcturus* dans la *Rudens* et la *Fides* dans la *Casina*; enfin par un personnage spécial appelé *Prologus*. M. SCHANZ, *Gesch. der roem. Lit.*, I³, p. 97 et 171. R. STADTHAUS, *De prologis fabularum Plautinarum.* Progr. Friedberg, 1906, 19 pp. Sur le geste du *Prologus*, voy. VAN WAGENINGEN, *Scaenica Romana*, page 55-56 et les figures ci-dessus, pages 21-22.

## ACTE Ier.

### SCÈNE 1re (v. 69-109)

*Ergasile, parasite.*

Les jeunes gens m'ont surnommé « belle fille », parce que j'assiste toujours aux festins sans y être invité (*invocatus*). Les plaisants, je le sais, prétendent que ce surnom est absurde ; mais j'affirme, moi, qu'il est juste : car c'est sa « belle » que dans un festin l'amant invoque (*invocat*), oui, c'est sa belle qu'il invoque, lorsqu'il jette les dés. Est-elle invoquée ou ne l'est-elle pas ? Elle l'est, certainement. Mais, par Hercule, nous autres parasites, nous le sommes encore plus certainement (*in-vocati*) (1), nous que jamais personne n'invite ni n'invoque. Comme les souris, toujours nous mangeons les provisions d'autrui. Quand les affaires sont suspendues, quand on va à la campagne (2), il y a suspension d'affaires aussi pour nos mâchoires. De même que, pendant les chaleurs, les limaçons se cachent dans leur coquille et vivent de leur propre suc, s'il ne tombe pas de rosée, ainsi les parasites, pendant la suspension des affaires, se cachent dans leur coin et, misérables, vivent de leur propre suc, tandis que les hommes qu'ils pourraient dévorer, prennent l'air des champs. Pendant la suspension des affaires, nous autres parasites nous sommes de la race des chiens de chasse (3) : quand les affaires sont reprises, nous voilà chiens de la race des molosses, race insupportable, race très incommode Par Hercule, il faut qu'un parasite soit capable de supporter les soufflets et de se laisser casser les pots sur la tête, ou qu'il se fasse portefaix à la porte Trigémine (4). Il est fort à craindre que ce ne soit là le sort qui m'est réservé.

(1) Ce jeu de mots sur *invocatus* « non invité » et *invocata* « invoquée » est intraduisible.

(2) *Res prolatae*, vacances pour le sénat et pour les tribunaux. A l'époque de la moisson, les riches Romains, agriculteurs, allaient aux champs et toutes les affaires étaient « ajournées », elles chômaient

(3) Toujours en quête et amaigris par les courses.

(4) Il y avait là un port sur le Tibre.

Car, depuis que mon « roi » (1) est tombé au pouvoir des ennemis, — en effet, les Étoliens sont maintenant en guerre avec les Éléens : c'est ici l'Étolie, et là-bas, en Élide, est captif Philopolème, fils du vieil Hégion, qui habite ici, dans cette maison : maison lamentable pour moi, maison que je ne puis regarder sans pleurer —, depuis lors donc, ce vieillard s'est mis à faire, dans l'intérêt de son fils, un métier peu honorable et tout à fait indigne de son caractère : il achète partout des captifs, pour voir s'il peut en trouver un contre qui échanger son fils. Et je souhaite ardemment qu'il y réussisse ; car, s'il a perdu son fils sans retour je suis moi-même un homme perdu. En effet, on ne peut plus fonder aucune espérance sur la jeunesse : les jeunes gens n'aiment qu'eux-mêmes. Celui-là seul est un jeune homme aux mœurs antiques : jamais je ne lui déridai le visage pour rien. Le caractère du père est tout à fait digne d'un tel fils. C'est lui que je vais trouver. Mais voici que s'ouvre la porte, d'où je sortis si souvent le ventre bien rempli.

## SCÈNE 2e (v. 110-150).

*Hégion, vieillard. Un esclave correcteur. Ergasile, parasite.*

Hégion. Holà, écoute. Ces deux captifs que j'ai achetés hier aux questeurs dans la vente du butin, mets-leur des chaînes séparées ; ôte-leur ces chaînes plus grandes qui les attachent l'un à l'autre. Laisse-les se promener où ils le voudront, dehors ou dans la maison, à condition toutefois qu'on les surveille avec grand soin. L'homme libre captif est semblable à l'oiseau sauvage ; pour peu que l'occasion de fuir lui soit une fois donnée, c'en est assez, — on ne peut plus le rattraper ensuite.

Le correcteur. Assurément, nous préférons tous la liberté à l'esclavage.

Hég. Tu ne parais pas être dans ce cas (2).

Corr. Si je n'ai pas de quoi payer ma liberté, veux-tu que je paie avec mes jambes (3).

(1) *Rex* est le nom donné par les parasites et les clients à leur patron.

(2) C'est-à-dire qu'il n'a pas amassé de pécule pour acheter sa liberté.

(3) Nous suivons la trad. Naudet. Il y a ici une série de jeux de mots : *se dare in pedes*, s'enfuir.

HÉG. Si tu me pâles ainsi, aussitôt j'aurai autre chose pour te payer à mon tour (1).

CORR. Je me ferai semblable à l'oiseau sauvage, dont tu parles.

HÉG. C'est comme tu dis : car, si tu le fais, je te mettrai en cage. — Mais assez de paroles. Fais ce que je t'ai dit et va-t'en. (*L'esclave sort.*) — Moi, j'irai chez mon frère, où sont mes autres captifs, et je verrai s'ils n'ont pas causé quelque désordre pendant cette nuit. Aussitôt après, je reviendrai à la maison.

ERG. Je suis peiné de voir qu'il fait ce métier de geôlier à cause du malheur de son fils, ce malheureux vieillard. Mais il faut le ramener ici, coûte que coûte, et si, pour y réussir, son père faisait même le métier de bourreau, je n'y trouverai pas à redire.

HÉG. Qui parle ici ?

ERG., *pleurnichant.* Moi, qui me consume de ton chagrin, qui maigris, qui vieillis, qui dessèche, malheureux que je suis ! Je n'ai plus que la peau et les os, malheureux, à force de maigreur. Rien ne me profite de ce que je mange chez moi ; ce que je mange ailleurs, si peu que ce soit, me fait du bien.

HÉG. Bonjour, Ergasile.

ERG. Que les dieux te protègent, Hégion.

HÉG. Ne pleure pas.

ERG. Moi je ne le pleurerais pas ? Moi, je ne pleurerais pas à chaudes larmes un tel jeune homme ?

HÉG. J'ai toujours vu que tu avais de l'affection pour mon fils et j'ai compris qu'il en avait aussi pour toi.

ERG. Nous ne comprenons le prix de nos biens que quand nous avons perdu ce que nous possédions. Ainsi, moi, depuis que ton fils est tombé au pouvoir des ennemis, sachant par expérience ce qu'il valait, je le regrette maintenant.

HÉG. Puisque toi, un étranger, tu es si peiné de son malheur, que dois-je éprouver, moi, son père, qui n'ai que ce fils ?

ERG. Un étranger ? Moi, un étranger pour lui ? Ah ! Hégion, ne dis pas cela, ne te figure pas cela ! Pour toi, c'est un fils unique ; pour moi, il est plus unique qu'un fils unique (2).

HÉG. Je te félicite de considérer le malheur d'un ami comme ton propre malheur. Mais prends courage.

(1) Le fouet.

(2) Plaute emploie souvent d'une manière plaisante le comparatif ou le superlatif. LINDSAY, *Syntax of Plautus*, p. 39.

Erg. Hélas ! Ce qui m'afflige, c'est que maintenant elle est licenciée, l'armée de la mangeaille !

Hég. Est-ce que tu n'as encore trouvé personne qui pût rappeler sous les drapeaux l'armée que tu dis licenciée ?

Erg. Y penses-tu ? C'est un commandement que tout le monde fuit, depuis que ton fils Philopolème, qui l'avait reçu en partage, est prisonnier.

Hég. Par Pollux ! il n'est pas étonnant que tous fuient un pareil commandement. Que de soldats de tous genres il te faut ! Tout d'abord il te faut des Boulangériens (1) — et il y a plusieurs sortes de Boulangériens : il faut des Paniens, il faut des Pâtissiens aussi ; il faut des Griviens et il faut des Ortolaniens ; et puis il te faut tous les soldats de la marine.

Erg. Comme souvent les plus grands génies restent ensevelis dans l'obscurité ! Voilà qu'un général tel que moi est rentré dans la vie privée !

Hég. Prends seulement courage, car j'espère bien ramener mon fils à la maison d'ici à peu de jours. Il y a là chez moi un jeune prisonnier éléen ; il est de très bonne naissance et très riche : j'ai bon espoir que je pourrai l'échanger contre mon fils.

Erg. Que les dieux et les déesses réalisent ton désir ! Mais es-tu invité quelque part à dîner, hors de chez toi ?

Hég. Nulle part, que je sache ! Mais pourquoi cette question ?

Erg. Parce que c'est l'anniversaire de ma naissance. C'est pourquoi je veux que tu m'invites à dîner chez toi.

Heg. Bonne plaisanterie ! Je veux bien, si tu peux te contenter de peu.

Erg. Du moment que ce n'est pas de très peu : car ce régime-là, j'ai l'habitude de m'en régaler chez moi. Allons, je te prie, concluons le marché (2) : avec la réserve, que personne ne me

(1) Les noms comiques que Plaute a forgés rappellent le nom d'une ville : *Pistorenses* (de *pistor*, boulanger) et *Pistoria*, en Étrurie ; *Panicei* (cf. *panis*, pain) ; *Placentini* (de *placenta*, gâteau) et *Placentia*, dans la Gaule Cisalpine ; les *Turdetani* (cf. *turdus*, grive) étaient une tribu du Sud de l'Espagne. Pour *Ficedulensis*, cf. Pauly-Wissowa, s. v. *ficedula* (ou *fidecula*).

(2) C'est la forme de la *stipulatio*. L'acheteur demande que la vente se fasse *(roga emptum)*. Le vendeur consent et indique le prix et les conditions. Ici c'est une vente sous condition *(in diem addictio)*, faite à condition qu'à *une date fixée* il ne se soit produit aucune offre plus avantageuse. Voy Emilio Costa, *Il diritto privato Romano nelle commedie di Plauto*, 1899. A. de Senarclens, *L'in diem addictio*, 1897. Digeste, 18, 2, 1. — *Roga emptum*, cf. Lindsay, *Syntax of Plautus*, p. 77.

fasse une offre meilleure et qui paraisse préférable à mes amis, je m'adjugerai moi-même comme si je vendais un *fonds* de terre.

HÉG. En vérité, c'est un gouffre sans *fond* que tu me vends là, ce n'est pas un *fonds* de terre. En tout cas, si tu viens, sois à l'heure.

ERG. Oh ! Je suis libre dès maintenant.

HÉG. Va donc chasser un lièvre ; car ce n'est qu'un hérisson que tu as. Mon régime, en effet, suit une route rocailleuse.

ERG. Ce n'est pas cela qui me rebutera, Hégion ; ne te le figure pas : je viendrai avec des dents bien chaussées (1).

HÉG. Mon régime est bien dur !

ERG. Manges-tu donc des ronces?

HÉG. La terre me fournit mon repas...

ERG. La terre porte des sangliers.

HÉG. ... qui se compose de force légumes.

ERG. Excellents remèdes pour les malades, si tu en as chez toi. Est-ce tout ce que tu as à me dire ?

HÉG. Viens à temps.

ERG. C'est avertir un homme averti. (*Ergasile sort.*)

HÉG. Je vais rentrer et chez moi je ferai mon petit compte, pour voir quelle bonne petite somme me reste chez mon banquier. Puis, comme je l'avais dit, j'irai chez mon frère.

(1) On pourrait dire « ferrées ».

## ACTE IIe.

### SCÈNE 1re (v. 195-250).

*Philocrate. Tyndare. Les captifs. Les esclaves correcteurs.*

UN CORRECTEUR. Puisque telle est la volonté des dieux immortels, que vous subissiez jusqu'au bout cette infortune, il faut la supporter avec patience : si vous le faites, la peine sera plus légère. Dans votre pays, vous étiez libres, je crois : maintenant que la servitude vous est échue, c'est une bonne habitude de vous y soumettre ainsi qu'à la volonté de votre maître, et d'adoucir votre condition par votre conduite. Tout ce que fait le maître, il faut le considérer comme bien fait, eût-il même tort.

LES CAPTIFS, *pleurant*. Oh ! oh ! oh !

LE CORRECTEUR. Il ne sert à rien de se lamenter, à rien de pleurer. Dans le malheur il faut du courage, cela fait du bien.

TYNDARE. Oui, mais quel sujet de honte pour nous de porter des chaines !

LE CORRECTEUR. Oui, mais quel sujet de regret ce pourrait être plus tard pour notre maître, s'il vous enlevait vos liens et vous permettait d'aller et de venir non enchaînés, car il vous a achetés à prix d'argent !

TYND. Qu'a-t-il à craindre de nous? Nous savons quel est notre devoir, s'il nous laissait libres.

LE CORRECTEUR. Oui, vous méditez votre fuite. Je devine votre dessein.

TYND. Nous, fuir ? Où fuirions-nous ?

LE CORRECTEUR. Dans votre patrie.

TYND. Allons donc ! Il ne nous conviendrait pas du tout d'imiter des esclaves fugitifs.

LE CORRECTEUR. Au contraire, par Pollux, si l'occasion se présente, je ne vous déconseille pas de les imiter.

TYND. Accordez-nous une seule faveur.

LE CORRECTEUR. Qu'est-ce que c'est donc ?

TYND. De nous donner la faculté de nous entretenir sans ces témoins *(montrant les autres captifs)* et loin de vous *(il montre le correcteur et ses compagnons)*.

LE CORRECTEUR. Soit. *(Aux captifs.)* Éloignez-vous de ce côté-ci. Nous *(aux esclaves)*, retirons-nous ici. *(A Tyndare.)* Mais que vos discours soient brefs.

TYND. C'était bien mon intention. (*A Philocrate.*) Viens par ici.

LE CORRECTEUR, *aux esclaves*. Écartez-vous de ceux-là.

TYND. Nous vous sommes tous deux obligés de ce que nous pouvons faire ce que nous désirons et de ce que vous nous donnez cette faculté.

PHILOCRATE, *à Tyndare*. Viens donc par ici à l'écart, si tu veux bien, afin qu'aucun témoin ne puisse entendre nos paroles et que notre stratagème ne transpire pas au dehors En effet, une ruse n'est plus une ruse, si on ne la conduit finement ; mais c'est le pire des maux, si elle est découverte. Car, même si nous avons réussi, toi, à te faire passer pour mon maître, et moi pour ton esclave, il nous faut encore de la vigilance, il nous faut encore de la prudence pour exécuter ce dessein avec sangfroid et sans témoins, avec attention, avec habileté et avec diligence. Elle est si difficile, notre entreprise ! Il ne faut pas sommeiller en l'exécutant.

TYND. Je serai tel que tu me voudras.

PHIL. Je l'espère.

TYND. En effet, tu vois maintenant que pour ta tête qui m'est chère, je fais bon marché de la mienne, qui m'est chère aussi.

PHIL. Je le sais.

TYND. Mais ne l'oublie pas quand tu auras ce que tu désires. En effet, voici quelle est l'habitude qu'ont la plupart des hommes : aussi longtemps qu'ils cherchent à obtenir ce qu'ils veulent, ils sont bons ; mais, dès qu'ils le possèdent, de bons qu'ils étaient, ils deviennent très méchants et très fourbes. Mais je reconnais que tu es pour moi comme je le désire.

PHIL. Ce que je te conseille, je le conseillerais à mon père. Par Pollux, si j'osais, je t'appellerais mon père, car, après mon père, tu es mon père le plus proche.

TYND. J'écoute.

PHIL. Et c'est pourquoi je ne saurais trop te répéter de songer à ceci : je ne suis plus ton maître, mais ton esclave. Maintenant je te demande cette seule chose, — puisque les dieux ont montré leur volonté à notre égard, puisqu'ils ont voulu que je cesse d'être ton maître et que je sois maintenant ton compagnon d'esclavage, moi qui te commandais nagère en vertu de mon droit, maintenant je te prie et te conjure, au nom de notre fortune incertaine, au nom de la bonté que t'a témoignée mon père, au nom de notre esclavage commun, où nous réduit une main ennemie, ne me fais pas moins d'honneur que je ne t'en faisais quand tu étais mon esclave, et n'oublie pas de te rappeler qui tu fus et qui tu es maintenant.

TYND. Je sais, en vérité, que moi je suis toi maintenant et que toi tu es moi.

PHIL. Si ta mémoire sait garder cela fidèlement, nous pouvons avoir bon espoir en notre ruse.

## SCÈNE 2e (v. 251-360).

*Hégion, vieillard. Philocrate, jeune homme. Tyndare, esclave.*

HÉGION, *à quelqu'un dans la maison.* Je vais rentrer à l'instant, quand j'aurai demandé aux prisonniers ce que je veux savoir. (*Aux esclaves.*) Mais où sont les captifs que je vous ai ordonné d'amener ici, dehors, devant la maison (1).

PHILOCRATE, *se montrant.* Par Pollux, tu as pris tes précautions pour ne pas devoir nous chercher, à ce que je vois ; en effet, nous sommes entourés de chaînes et de gardiens.

HÉG. Celui qui est sur ses gardes pour ne pas être trompé, n'est pas encore assez sur ses gardes, au moment même où il est sur ses gardes. Même quand il est persuadé qu'il a été sur ses gardes, tout sur ses gardes qu'il est, il lui arrive d'être pris (2). N'ai-je pas un juste motif de vous faire surveiller avec soin, puisque je vous ai achetés si cher et comptant ?

PHIL. Par Pollux, il n'est pas juste, si tu nous fais garder, que nous t'en fassions un reproche, de même que tu ne devrais pas nous en faire, si nous partions d'ici, au cas que l'occasion se présentât.

(1) Les gardiens ont permis aux deux captifs de causer à l'écart : voilà pourquoi Hégion ne les voit pas tout d'abord. Philocratre se montre, sans attendre que les esclaves répondent.

(2) Allitération, paronomase et répétition, ces trois figures amènent ce cliquetis de mots dont NAUDET cite des exemples modernes. Cf. v. 358. Rappelons ces vers de Brébeuf :

Tous tes pas sont faux pas ; tu ne fais pas de pas,
Que ces pas, pas à pas, ne mènent au trépas.

HÉG. De même que vous, vous êtes gardés ici, mon fils l'est là-bas, dans votre pays.

PHIL. A-t-il été fait prisonnier de guerre ?

HÉG. Oui.

PHIL. Donc nous n'avons pas été seuls des lâches ! (1)

HÉG., *prenant le faux Tyndare, c'est-à-dire Philocrate, à part.* Retire-toi ici ; car il y a des choses que je veux te demander à toi seul. Et ne va pas me dire des mensonges.

PHIL. Je n'en dirai pas pour ce que je saurai ; s'il y a quelque chose que j'ignore, je te dirai que je l'ignore.

TYND., *à part.* Maintenant le vieillard est chez le barbier (2), déjà celui-ci approche les ciseaux, et il n'a pas même pris la peine de lui jeter un peignoir sur les épaules pour ne pas salir ses vêtements. Mais va-t-il le raser de près ou bien à travers le peigne ? je n'en sais rien. Seulement, s'il est un habile homme, il l'écorchera de la bonne façon.

HÉG. Voyons, dis-moi : aimes-tu mieux être esclave ou libre ?

PHIL. Ce qui est le plus près du bien et le plus loin du mal, voilà ce que je désire. Cependant, à vrai dire, mon esclavage n'a pas été fort rude et on ne me traitait pas autrement qu'un fils de la maison.

TYND., *à part.* Bravo ! De Thalès le Milésien, je ne donnerais pas un talent ; car, en comparaison de la sagesse de celui-ci, il ne fut jamais qu'un grand diseur de balivernes. Avec quel esprit il a su accommoder son langage à son rôle d'esclave !

HÉG. A quelle famille appartient ce Philocrate ?

PHIL. A la famille des Polyplusiens (3), qui est là-bas très puissante et très considérée.

HÉG. Et lui-même, de quelle estime jouit-il là-bas ?

PHIL. De la plus grande, et de la part des plus grands personnages.

HÉG. Et puis, si, comme tu me le dis, il jouit d'un si grand crédit en Élide, qu'en est-il de sa fortune ? Est-elle bien grasse ?

PHIL. Si grasse que le vieillard peut en tirer du suif.

HÉG. Et son père ? Il est donc en vie ?

(1) C'est le nom qu'on donne aux captifs, même s'ils ne l'ont pas mérité.

(2) Tyndare développe le proverbe : « Faire la barbe à quelqu'un » c'est-à-dire « abuser de sa crédulité ».

(3) C'est à dire : « des gens richissimes »

Phil. Nous l'avons laissé en vie, en quittant l'Élide. S'il est en vie maintenant ou non, c'est ce que Pluton doit savoir, naturellement.

Tynd. Cela va bien. Voilà qu'il philosophe maintenant ; il n'est pas menteur seulement.

Hég. Quel était son nom ?

Phil. Thésaurochrysonicochrysidès.

Hég. Apparemment, c'est à cause de ses richesses qu'on lui a donné ce nom.

Phil. C'est plutôt, par Pollux, à cause de son avarice et de son audace. *A part*. Là-bas, son nom véritable était Théodoromédès (1).

Hég. Que dis-tu là ? Son père est-il serré ?

Phil. Oui, par Pollux, il est très serré (2). Bien mieux, pour t'en donner une idée plus juste, quand il lui arrive de sacrifier à son Génie, il ne se sert, pour le sacrifice, que de vases de terre de Samos, de peur que son Génie lui-même ne le vole. Juge par là combien peu il se fie aux autres (3).

Hég., *éloignant le faux Tyndare*. Suis-moi donc par ici. *A part, se rapprochant du faux Philocrate*. J'aurai tôt fait de demander, par la même occasion, à celui-ci ce que je veux savoir. *A Tyndare*. Philocrate, celui-ci a agi comme il convenait à un honnête garçon de le faire. Grâce à lui, je sais quelle est ta famille : il me l'a avoué. Si, à ton tour, tu veux me faire les mêmes aveux, tu agiras dans ton intérêt. Mais sache que je connais tout par lui (4).

Tynd. Il a fait son devoir, en t'avouant la vérité, bien que, Hégion, j'eusse voulu cacher avec soin mon rang, ma famille et ma fortune. Maintenant, puisque j'ai perdu et ma patrie et ma liberté, je ne pense pas qu'il soit juste qu'il me craigne plutôt

(1) Jusqu'au vers 635, Hégion ignore le vrai nom du père de Philocrate : ce qui suit est donc dit en aparté.

(2) Plaute joue sur le sens de *tenax* et *pertinax*. Naudet traduit : « Il est donc serré ? — Par Pollux ; serré et resserré ».

(3) Le Génie est l'esprit tutélaire de chaque homme. On lui faisait des sacrifices non sanglants au *dies natalis*. Il veille sur l'homme et prend part à son bonheur ou à son malheur ; de là les expressions : *indulgere Genio* et *defraudare Genium*. — Le père de Philocrate est si avare qu'il se sert de vases en poterie de Samos pour sacrifier ; c'était l'usage de se servir de la vaisselle la plus riche.

(4) Hégion craint que Philocrate ne se fasse passer pour pauvre, afin d'obtenir la liberté à meilleur compte.

que toi. La force de l'ennemi a rendu ma condition égale à la sienne. Je me souviens du temps où il n'osait pas m'offenser, même en paroles; maintenant, il le peut par ses actes. Mais vois-tu ? La fortune dispose des hommes et les abaisse à son gré. Moi qui étais libre, elle m'a rendu esclave ; du premier rang, elle m'a fait descendre au plus bas. Moi, qui étais habitué à commander, je me soumets maintenant aux commandements d'un autre. Et certes, si j'avais un maître tel que je le fus moi-même pour ma maison, je n'aurais pas à craindre des commandements injustes ou trop durs. Hégion, voilà ce que je voulais te dire, à moins que cela ne te déplaise.

Hég. Parle avec confiance.

Tynd. Autrefois j'ai été libre, comme l'était ton fils ; à moi, comme à lui, la main des ennemis a ravi la liberté. Il est esclave dans notre pays, tout comme moi je suis esclave chez toi. Assurément il y a un Dieu, qui entend et qui voit toutes nos actions : comme tu me traiteras ici, ce Dieu traitera ton fils là-bas. Si tu en agis bien avec moi, il en agira bien avec toi ; si tu en agis mal avec moi, il en agira de même avec toi. Autant tu regrettes ton fils, autant mon père me regrette.

Hég. Je retiens tout cela ; mais me fais-tu les mêmes aveux que celui-ci ?

Tynd. Oui, j'avoue que mon père a chez lui de très grandes richesses et que je suis de très bonne famille. Mais, je t'en conjure, Hégion, que mes richesses ne rendent pas ton esprit trop avide ; de peur que mon père, quoique je sois son fils unique, ne trouve plus convenable que je serve chez toi, vêtu et nourri à tes dépens, plutôt que de me voir vivre là-bas en mendiant, ce qui serait très peu honorable.

Hég. Grâce aux dieux et à mes ancêtres, je suis assez riche. Je ne pense pas que tout gain, absolument, soit utile aux hommes. Le gain, je le sais, a déjà couvert de boue bien des hommes. Il y a aussi des circonstances où il vaut mieux, assurément, perdre que gagner. Moi, je hais l'or ; à bien des gens, il n'a donné que trop souvent des conseils pervers (1). Maintenant prête-moi

(1) Virg., *Aen.*, 3, 26 : *Quid non mortalia pectora cogis, auri sacra fames?* — Hégion va révéler son intention de faire un échange. Il parle avec sincérité et l'on ne voit pas pourquoi les deux captifs préfèrent user encore de ruse. Peut-être est-ce pour rendre plus tôt la liberté à Philocrate.

ton attention, afin que tu apprennes mes intentions. Mon fils a été fait prisonnier et il est esclave dans ton pays, en Élide. Si tu me le rends, je te mettrai en liberté, avec lui aussi (*montrant Philocrate*), sans que tu me donnes une drachme de surplus ; autrement, tu ne peux pas t'en aller.

TYND. Ce que tu demandes est très bon et très juste, et tu es le meilleur de tous les hommes. Mais est-il l'esclave d'un particulier ou celui de l'État (1).

HÉG. Il est l'esclave d'un particulier, du médecin Ménarque.

TYND., *à part*. Par Pollux, Ménarque est justement le client de mon maître. *Haut*. Cela t'est aussi facile qu'il l'est à l'eau de tomber, quand il pleut.

HÉG. Fais en sorte que je puisse le racheter.

TYND. Je le ferai, mais je te demande une chose, Hégion.

HÉG. Tout ce que tu voudras : pourvu que tu ne demandes rien qui soit contre mon intérêt, je le ferai.

TYND. Écoute et tu le sauras. Je ne demande pas que tu me relâches avant que ton fils soit de retour ; mais je te demande que tu mettes Tyndare à ma disposition, après avoir fixé son prix (2), afin que je puisse l'envoyer dire à mon père de racheter ton fils là-bas.

HÉG. Non, mais dès qu'il y aura une trève, j'enverrai plutôt un autre dans ton pays, afin qu'il aille trouver ton père et qu'il lui porte les instructions que tu lui auras données.

TYND. Il ne sert de rien de lui envoyer un étranger ; tu perdras ta peine. C'est lui qu'il faut envoyer ; il saura arranger toute cette affaire, dès son arrivée. Tu ne peux envoyer à mon père un messager plus fidèle et en qui il ait plus de confiance, un esclave qui lui soit plus agréable, ou encore à qui il remette plus hardiment ton fils. Ne crains rien : c'est à mes risques et périls que j'éprouverai sa fidélité, comptant sur son bon naturel, parce qu'il sait que je lui veux du bien.

HÉG. Eh bien ! je l'enverrai, sur ta parole, après avoir fixé son prix, si cela te va.

TYND. Cela me va, et je veux que cette affaire soit expédiée aussi vite que possible.

(1) L'État a ses esclaves comme les particuliers. Voyez L. HALKIN, *Les esclaves publics chez les Romains*. Liège, 1897.

(2) Donner après avoir évalué, c'est vendre à crédit.

HÉG. Y a-t-il quelque raison qui empêche, s'il ne revient pas, que tu me comptes pour lui vingt mines ?

TYND. Non, au contraire, nous sommes tout à fait d'accord.

HÉG., *aux esclaves*. Otez-lui ses liens à l'instant, ôtez-les à tous les deux.

TYND. Que les dieux réalisent tous tes souhaits, parce que tu en agis si honorablement avec moi et que tu me délivres de mes liens. En vérité, je ne suis pas fâché d'avoir le cou débarrassé de ce collier.

HÉG. Quand on fait du bien aux honnêtes gens, on s'attire une reconnaissance féconde en biens. Maintenant, si tu veux l'envoyer là-bas, dis-lui, explique-lui, prescris-lui ce que tu veux qu'il dise à ton père. Veux-tu que je l'appelle ici, auprès de toi ?

TYND. Oui, appelle-le.

## SCÈNE 3e (v. 361-460).

*Hégion, vieillard. Philocrate, jeune homme. Tyndare, esclave.*

HÉGION. Puisse la chose tourner à bien pour moi, pour mon fils et pour vous ! (1) ton nouveau maître t'ordonne d'exécuter fidèlement les ordres que te donnera ton ancien maître. Car moi, je t'ai évalué vingt mines et je t'ai mis à sa disposition. Et lui, il dit qu'il veut t'envoyer d'ici vers son père pour lui dire de racheter mon fils là-bas, afin qu'un échange de nos fils ait lieu entre lui et moi.

PHILOCRATE. Des deux côtés, mon esprit est également bien disposé, envers toi et envers lui : vous pouvez vous servir de moi comme d'un cerceau ; par ici, ou par là, je suis prêt à rouler, où vous le commanderez.

HÉG. Grâce à ton caractère, tu agis dans ton intérêt, en supportant l'esclavage comme il convient de le supporter. *A Philocrate*. Suis-moi. *A Tyndare*. Voici ton homme.

TYND. Je te suis reconnaissant de ce que tu me donnes la facilité et le moyen d'envoyer ce messager à mes parents, pour qu'il rapporte à mon père, de point en point, ce que je fais ici et ce que je veux que l'on fasse. *A Philocrate*. A l'instant, Tyndare,

(1) Formule solennelle du vœu que l'on fait, quand on va exposer une affaire importante.

il a été convenu entre moi et lui, que je t'enverrai en Élide chez mon père ; nous t'avons évalué et, si tu ne reviens pas, je lui donnerai vingt mines pour toi.

PHIL. Je crois que votre convention est bonne ; car ton père attend ou moi ou quelque messager, envoyé d'ici vers lui.

TYND. Donc, je veux que tu fasses attention aux choses que je veux que tu ailles annoncer d'ici, dans ma patrie, à mon père.

PHIL. Philocrate, je ferai, comme j'ai fait jusqu'ici : ce qui est utile à tes intérêts, voilà ce que je chercherai et poursuivrai de tout mon cœur, de toute mon âme et de toutes mes forces.

TYND. Tu agis comme tu dois agir. Maintenant, écoute-moi, je le veux. En tout premier lieu, tu salueras ma mère et mon père, et mes proches et tous mes amis que tu verras ; tu leur diras que je suis ici en bonne santé et que je suis l'esclave de cet homme excellent, qui m'a toujours traité et me traite honorablement.

PHIL. Il est inutile de me faire cette recommandation : c'est une chose que je n'aurai garde d'oublier.

TYND. Car, excepté que j'ai un gardien, je me crois libre. Tu diras à mon père quelle convention j'ai faite avec Hégion au sujet de son fils.

PHIL. Je sais tout cela et c'est une pure perte de temps que de m'en avertir.

TYND. Qu'il le rachète et le renvoie ici en échange de nous deux.

PHIL. J'y penserai.

HÉG. Mais qu'il le fasse le plus tôt possible : nous y sommes intéressés l'un et l'autre au plus haut point.

PHIL. Tu ne désires pas plus de revoir ton fils que lui le sien.

HÉG. Mon fils m'est cher ; chacun aime son enfant.

PHIL. N'as-tu rien d'autre à faire annoncer à ton père ?

TYND. Que je suis ici en bonne santé et — tu pourras le lui dire avec assurance, Tyndare — qu'il n'y a pas eu entre nous le moindre désaccord (1), que tu n'as pas mérité de reproche, que tu ne m'as pas contrarié, que tu t'es montré docile à ton maître, malgré le si grand malheur où il est, et que, loin de m'abandonner,

(1) Tout ce passage a un double sens : l'éloge que Tyndare dit à Philocrate de faire auprès de son père s'applique à Tyndare lui-même. L'esclave veut que son jeune maître lui fasse accorder par son père la récompense désirée, sa liberté.

tu m'as soutenu par tes actes et par ta fidélité dans mes malheurs et dans mon infortune. Quand mon père saura tout cela, Tyndare, quand il connaîtra tes sentiments envers son fils et envers lui, il ne sera pas assez avare pour ne pas te donner la liberté gratuitement ; et, une fois que je serai de retour d'ici, je ferai tous mes efforts pour qu'il ne fasse aucune difficulté à le faire. Car, c'est à ton concours, à ta complaisance, à ton honnêteté, à ta prudence que je dois de pouvoir retourner chez mes parents. C'est toi, en effet, qui as avoué à Hégion ma naissance et ma fortune, et, par cet aveu, tu as délivré ton maître de l'esclavage, grâce à ta prudence.

PHIL. J'ai fait tout cela, comme tu le dis, et je te suis reconnaissant de t'en souvenir. Mais tu méritais que je fisse tout cela pour toi ; car, Philocrate, maintenant, si je rappelais les nombreux services que tu m'as rendus, la nuit mettrait fin au jour ; en effet, si tu avais été mon esclave, tu n'aurais en rien été plus obéissant pour moi.

HÉG. Dieux, je vous prends à témoin ! Les nobles caractères que voilà ! Ils m'attendrissent jusqu'aux larmes ! On peut voir que c'est de cœur qu'ils s'aiment. Le maître comble son esclave de louanges et l'esclave comble son maître d'éloges !

PHIL. Celui-ci ne m'adresse pas la centième partie des éloges qu'il a mérités lui-même.

HÉG. Eh bien ! puisque tu l'as si bien servi, voici maintenant l'occasion de mettre le comble à tes services en remplissant fidèlement la mission qu'il te donne.

PHIL. Mon désir de voir réussir cette entreprise n'est pas plus grand que l'ardeur que je mettrai à y travailler. Afin que tu le saches, Hégion, je prends à témoin le grand Jupiter que je ne serai pas infidèle à Philocrate...

HÉG. Tu es un brave homme.

PHIL. ... et que je n'agirai jamais autrement pour lui que pour moi-même.

TYND. Ces paroles, je veux que tu les réalises par des actes et par des faits ; et, comme je n'ai pas encore dit tout ce que j'attends de toi, je te prie de m'écouter avec attention : garde-toi d'être fâché de ce que je vais te dire. Mais songe, je t'en supplie, que tu es renvoyé chez nous sur ma parole, que ma vie reste ici en gage pour toi. Ne va donc pas me traiter en inconnu, aussitôt que tu seras hors de ma vue, que tu m'auras laissé ici esclave en servitude à ta place ; ne va pas te croire libre et abandonner ta caution ; ne néglige pas de ramener ici le fils d'Hégion à ma place. Sache que tu t'en vas d'ici, évalué à vingt mines. Sois fidèle à qui t'est fidèle, et prends bien garde que ta foi ne chancelle. Car mon père, j'en ai la conviction, fera tout ce qu'il faut faire, absolument tout. Pour toi, conserve mon amitié pour la vie ; et fais-toi aussi un ami d'Hégion qui t'offre son amitié (1). Par ta main que je presse dans ma main, je t'en supplie, ne me sois pas plus infidèle que je ne le suis pour toi (2). A l'œuvre donc (3) : tu es maintenant mon maître, tu es mon patron, tu es mon père ; c'est à toi que je recommande mes espérances et mes intérêts.

PHIL. Assez de recommandations ! Seras-tu satisfait, si je mène à bien la mission que tu me confies ?

TYND. Oui.

PHIL. Je reviendrai ici, accompagné selon ton désir et (*à Hégion*) selon le tien. Tu n'as plus rien à me dire ?

TYND. Que tu reviennes le plus vite possible.

PHIL. Cela va de soi.

HÉG. Suis-moi, afin que je te donne chez mon banquier (4), de l'argent pour le voyage ; par la même occasion, je prendrai chez le prêteur un billet (5).

TYND. Quel billet ?

HÉG. Un passe-port, qu'il devra porter avec lui et présenter à l'armée, pour qu'on le laisse aller chez lui. Allons, rentre, toi.

TYND. Bon voyage !

PHIL. Bonne santé.

HÉG., *à part*. Par Pollux, j'ai fait une excellente affaire (6) en rachetant ces captifs aux questeurs, dans la vente du butin : j'ai arraché mon fils à l'esclavage, s'il plait aux dieux (7). Et dire que

(1) *Hegionem, quem iam amicum invenisti, restituto filio multo amiciorem invenies* USSING.

(2) Tyndare, tout en parlant selon le rôle qu'il joue (celui de Philocrate) continue à plaider sa propre cause. Le double sens de ses paroles amusait les spectateurs.

(3) *Hoc age* « sois tout entier à l'affaire présente ». Formule usuelle pour exhorter à l'attention et au zèle.

(4) Au forum. Hégion a placé son argent chez un banquier.

(5) *Syngraphum*, ἡ σύγγραφος. Naudet fait observer que ce mot a un sens général « contrat écrit » et non celui de « passe-port ». De là la question de Tyndare.

(6) Littéralement : « J'ai consolidé mes affaires », je n'ai pas fait une dépense inutile.

(7) Hégion considère la chose comme faite : sa peine sera d'autant plus grande quand il se verra joué.

j'ai longtemps hésité, me demandant s'il fallait acheter ces hommes ou ne pas les acheter ! — Gardez-le à la maison, esclaves, songez-y bien : qu'il ne mette pas le pied dehors, sans être surveillé. Pour moi, je ne tarderai pas à rentrer : je m'en vais seulement chez mon frère, voir mes autres captifs. En même temps, je m'assurerai s'il n'y en a pas un qui connaisse ce jeune homme (1). (*A Philocrate.*) Suis-moi, pour que je t'expédie : c'est cela que je veux régler tout d'abord (2).

(1) Cette enquête amènera une péripétie en faisant découvrir la ruse.

(2) On remarquera dans la scène qui précède avec quel art Philocrate parle le langage verbeux, jovial et vulgaire qui convient à la personnalité de l'esclave Tyndare, tandis que Tyndare prend le ton grave et triste qui sied à un homme du rang de Philocrate, tombé dans le malheur. Ph. Fabia. L'intérêt de la pièce réside dans la peinture de l'amitié touchante qui unit Philocrate et Tyndare. G. Ramain.

## ACTE IIIe

### SCÈNE 1re (v. 461-497).

*Ergasile, parasite.*

Malheureux est l'homme, qui cherche de quoi manger et qui a de la peine à le trouver ! Mais plus malheureux celui qui se donne de la peine pour chercher et ne trouve rien ! Le plus malheureux de tous est celui qui, ayant faim, n'a rien à manger. C'est ainsi que moi, par Hercule, j'arracherais volontiers les yeux à cette maudite journée, si je pouvais ; car elle a rempli de méchanceté tous les mortels envers moi ! Non, je n'en ai pas vu de plus maigre, ni de plus affamée, ni où l'on réussisse moins dans ses entreprises ; car mon estomac et mon gosier chôment la fête de la famine. Le métier de parasite peut aller se faire pendre ; car déjà la jeunesse rejette loin d'elle les bouffons et les miséreux. On ne prend plus nul souci des Laconiens qu'on fait asseoir sur un banc, souffre-douleurs, qui n'ont que des bons mots, sans provisions et sans argent. On cherche ceux qui, après avoir mangé, rendent le dîner chez eux. On va soi-même faire les emplettes, fonction qui était celle des parasites autrefois. On va soi-même du forum chez les entremetteurs, la tête découverte, comme on va, la tête découverte, à l'assemblée des tribus, pour condamner les accusés coupables. Quant aux plaisants, on n'en fait pas autant de cas que d'un quart d'as ; ce sont tous des égoïstes. En effet, en sortant d'ici tout à l'heure, je me suis rendu auprès des jeunes gens au forum : « Bonjour, dis-je, chez qui allons-nous dîner ? » Pas de réponse. « Qui dit : Chez moi, qui se présente ! » dis-je. Ils se taisent, comme s'ils étaient muets et ne rient pas de ma question. « Où soupons-nous ? » dis-je. Ils refusent du geste. Je leur dis une plaisanterie, une de mes meilleures, une de celles qui auparavant me valaient souvent un mois de bons repas. Personne ne rit. J'ai compris aussitôt que c'était un complot. Aucun d'eux ne voulut même imiter un chien irrité et, sinon m'approuver de leur rire, au moins me montrer les dents. Je les quitte, voyant qu'on se moque ainsi de moi. Je m'adresse à d'autres, je me tourne vers d'autres, puis vers d'autres encore : c'est la même chose. Ils agissent tous de concert, comme les marchands d'huile au Vélabre. Je suis parti, voyant que là j'étais l'objet de la risée. D'autres parasites se promenaient vainement dans le forum. Maintenant je suis bien décidé à poursuivre mon droit jusqu'au bout, conformément à la loi barbare (1). Puisqu'ils ont formé un complot pour nous ôter les vivres et la vie, je les assignerai, je demanderai qu'on leur inflige une amende : ils me donneront dix repas, à mon gré, quand les denrées seront chères. Voilà ce que je vais faire. Maintenant, je vais au port. Là me reste mon seul espoir de trouver un souper. S'il m'échappe, je reviendrai chez le vieil Hégion manger un maigre repas.

## SCÈNE 2$^{e}$ (v. 498-515).

*Hégion, vieillard. Aristophonte, captif.*

HÉG. Qu'y a-t-il de plus doux (2) que de soigner à la fois ses propres intérêts et ceux de l'État, comme j'ai fait hier, en achetant ces prisonniers ? Tous ceux qui me voient, viennent à ma rencontre et m'en félicitent. A m'arrêter ainsi et à me retenir, ils m'ont causé une fatigue extrême ; car, malheureux que je suis, j'ai eu de la peine à me tirer de ce déluge de félicitations.

Enfin, j'arrive chez le préteur. Là enfin, je pus respirer.

Je demande le sauf-conduit : on me le donne aussitôt ; je le remis à Tyndare ; le voilà parti pour son pays. Cela fait, je reviens tout de suite à la maison.

Puis, je passe chez mon frère, où sont mes autres captifs. Je demande si l'un d'eux connaît Philocrate d'Élide. A la fin, celui-ci (*il montre Aristophonte*) s'écrie que Philocrate est son ami. Je lui apprends que Philocrate est chez moi : aussitôt il me supplie de lui permettre de le voir. Immédiatement, je donne l'ordre de le délier. — (*A Aristophonte.*) Maintenant, toi, suis-moi : tu auras ce que tu m'as demandé, tu pourras parler avec Philocrate.

(1) C'est-à-dire « romaine » (vers 884). La loi des XII Tables défendait les accaparements et les coalitions.

(2) Plaute, en poète habile, prépare l'effet des péripéties par des contrastes : la joie qu'éprouve à présent Hégion rendra tout à l'heure sa colère plus violente ; et, plus tard, le chagrin qu'il exprime fait qu'on sent plus vivement le bonheur qui lui arrive (NAUDET).

## SCÈNE 3e (v. 516-532).

*Tyndare, seul.*

Voici le moment où je préférerais de beaucoup n'être plus que d'être encore (1). Maintenant tout espoir, toute ressource, tout secours me fuit et s'éloigne de moi. Voici le jour, où il n'est aucun salut à espérer pour moi. Il n'est aucun moyen d'échapper à ma perte, aucun espoir même d'éloigner le danger que je crains. Aucun manteau nulle part pour couvrir mes rusés mensonges, aucun manteau pour cacher mes fourberies, mes tromperies. Pas de pardon à implorer pour mes perfidies; pour mes méfaits, aucune fuite possible; point d'abri pour mon audace, point de refuge pour mes ruses. Ce qui était voilé est dévoilé : mes jongleries sont découvertes. Tout le secret éclate au grand jour; rien ne m'empêchera de périr misérablement et de subir la mort pour mon maître et pour moi. C'est Aristophonte qui m'a perdu, je veux dire, celui qui vient d'entrer. Il me connait, il est l'ami et le parent de Philocrate. La déesse Salut elle-même, si elle le veut, ne peut plus me sauver : plus d'issue, à moins que je n'invente dans ma tête quelque stratagème. Lequel, ô malheur? qu'inventer, qu'imaginer? Allons, essaie les ruses les plus fortes, les plus absurdes. Je suis pris.

## SCÈNE 4e (v. 533-658).

*Hégion, vieillard. Tyndare, esclave. Aristophonte, jeune homme.*

Hégion. Où cet homme pourrait-il bien être allé maintenant en se précipitant hors de la maison ?

Tyndare. Maintenant, en vérité, je suis mort !

L'ennemi vient sur toi, Tyndare. Que dire? quelle histoire vais-je conter? que nier? qu'avouer? Toute l'affaire devient incer-

(1) Tyndare est le héros de la pièce; sa grandeur d'âme et son châtiment donnent lieu à des scènes émouvantes et dramatiques. — Grâce à son aplomb et à ses efforts désespérés, la scène ne manque pas de comique. Quand les yeux d'Hégion se sont ouverts, Tyndare supporte son malheur avec résignation et avec la fierté que donne la conscience du devoir accompli. Il a l'impertinence de l'esclave résigné, qui sait que rien ne peut le sauver (v. 663-667). — Le monologue de Tyndare rappelle celui d'Euclion dans la *Marmite*, imité par Molière dans l'*Avare*.

taine. Quelle confiance puis-je avoir dans mes inventions? Ah! si les dieux t'avaient enlevé la vie, avant que tu fusses enlevé à ta patrie, Aristophonte, toi qui déconcertes un plan si bien concerté! (1)

HÉG., *à Aristophonte.* Suis-moi. Voici ton homme, va lui parler.

TYN., *à part.* Quel homme est plus malheureux que moi?

ARISTOPHONTE. Pour quelle raison, Tyndare, évites-tu mes regards? Pourquoi te détournes-tu de moi, comme si j'étais un inconnu pour toi, comme si tu ne m'avais jamais connu? A la vérité, je suis esclave aussi bien que toi, bien que j'aie été libre chez moi, et que toi, tu aies été esclave en Élide depuis ton enfance.

HÉG. Par Pollux, je ne m'étonne pas du tout s'il évite ta personne et tes regards, ou s'il te déteste, puisque tu l'appelles Tyndare au lieu de Philocrate.

TYND. Hégion, cet homme que tu amènes a toujours été considéré en Élide comme un fou furieux : ne va pas prêter l'oreille à ce qu'il te raconte. En effet, chez lui, il a poursuivi son père et sa mère une pique à la main, et il est parfois atteint du mal qu'on guérit en crachant sur le patient (2). Donc, tiens-toi à distance.

HÉG. Qu'on éloigne de moi cet homme!

ARIST. Que dis-tu, pendard? que je suis un fou furieux, que j'ai poursuivi mon père une pique à la main, et que je suis atteint d'un mal pour lequel il faut cracher sur moi?

TYND. N'aie pas peur. Ce mal afflige beaucoup de gens, et, en crachant sur eux, on les a guéris et on les a soulagés.

AR. Et toi? Vas-tu le croire?

HÉG. Qu'est-ce que je pourrais croire?

AR. Que je suis insensé.

TYND. Vois-tu de quels yeux menaçants il nous regarde? Le

(1) C'est-à-dire : le plan concerté entre les captifs.

Deux situations durent assurer la fortune de la pièce : l'une où les deux captifs s'entendent pour tromper leur nouveau possesseur (II, 1-3), l'autre où le généreux mensonge de l'esclave qui a pris la place de son maître est découvert par la maladresse d'un autre captif leur ami (NAUDET).

(2) On suppose que c'est l'épilepsie. Comparez Tertullien, *Apol.*, 23, 5 : *qui ructando curantur*. E. W. FAY, *Note on insputarier* (Classical Review, 1894, p. 391-2). Suivant Ramain, le malade écume et se couvre de bave, *insputarier* = se cracher dessus (sens réfléchi).

mieux est de se retirer, Hégion. Ce que je t'ai dit arrive. La rage grandit. Prends garde à toi.

HÉG. J'ai vu tout de suite qu'il était insensé, lorsqu'il t'a nommé Tyndare.

TYND. Bien plus, il lui arrive parfois d'oublier son propre nom et il ne sait pas qui il est.

HÉG. Il allait jusqu'à dire que tu es son ami.

TYND. Oui, je n'en ai jamais eu de plus intime ! (1) Certes, à ce compte, Alcméon et Oreste et Lycurgue (2) aussi sont mes amis, comme lui ?

AR. Comment ? pendard, tu oses encore m'insulter ? Tu prétends que je ne te connais pas ?

HÉG. Par Pollux, il est clair que tu ne le connais pas, puisque tu l'appelles Tyndare au lieu de Philocrate. Tu ne reconnais pas celui que tu vois, tu nommes celui que tu ne vois pas (3).

AR. C'est lui, au contraire, qui dit être ce qu'il n'est pas, et nie être ce qu'il est en réalité.

TYND. C'est bien toi, vraiment, par Pollux, qui peux l'emporter en véracité sur Philocrate !

AR. Par Pollux, à ce que je vois, c'est toi qui vas triompher de la vérité par le mensonge. Mais, je t'en prie, par Hercule, allons, regarde-moi en face.

TYND. Voilà.

AR. Dis maintenant. Oses-tu nier que tu sois Tyndare ?

TYND. Oui, je le nie.

AD. Oses-tu dire que tu es Philocrate ?

TYND. Oui, moi-même.

AR., *à Hégion*. Tu en crois cet homme ?

HÉG. Plus certes qu'à toi ou qu'à moi ; car celui que tu dis qu'il est, est parti aujourd'hui même d'ici pour l'Élide, et va chez le père de celui-ci.

AR. Quel père veux-tu dire ? Il est esclave.

TYND. Et toi aussi, en vérité, tu es esclave ; tu fus libre. Et moi,

(1) Ce tour s'emploie pour affirmer ironiquement ce qui n'est pas.

(2) Ces trois personnages mythologiques, ainsi qu'Ajax, sont des symboles de la démence furieuse. Alcméon et Oreste tuèrent leur mère dans un accès de folie. Lycurgue, roi de Thrace, insulta les Bacchantes et fut frappé de folie par Jupiter.

(3) Hégion a intérêt à croire ce que dit Tyndare ; il revient toujours sur la même idée.

j'espère le devenir aussi, si je rends le fils de ce vieillard à la liberté !

AR. Que dis-tu, pendard ? Tu prétends que tu es né libre ?

TYND. Non, certes, je ne dis pas que je suis Liber (1), mais Philocrate.

AR. Qu'est-ce à dire ? Comme ce scélérat se joue maintenant de toi, Hégion ! Car il est esclave lui-même et n'a jamais eu d'esclave, si ce n'est lui-même.

TYND. Parce que toi-même, dans ton pays, tu n'es qu'un gueux et que tu n'as pas, chez toi, de quoi vivre, tu veux que tout le monde te ressemble. Cela n'est pas étonnant : c'est en effet la tendance des malheureux d'être malveillants et de porter envie aux gens heureux.

AR. Hégion, prends garde, je te prie, de persister à l'en croire à la légère. Et même, à ce que je puis deviner, il a sans doute déjà fait un coup à sa façon. Ce fait d'affirmer qu'il rachète ton fils, ne me plaît pas du tout.

TYND. Je sais que tu ne veux pas que cela arrive. Cependant je mènerai cette affaire à bonne fin, si les dieux me viennent en aide. Je lui rendrai son fils, et lui me renverra en Élide, à mon père. C'est pour cela que j'ai envoyé Tyndare d'ici auprès de mon père.

AR. Mais, en vérité, Tyndare c'est toi-même. Et il n'y a pas d'autre esclave en Élide de ce nom que toi.

TYND. Tu continues à me reprocher cette servitude, que la force des ennemis m'a imposée ?

AR. En vérité, je ne peux plus me contenir.

TYND. Hé ? Entends-tu ce qu'il dit ? Que ne fuis-tu ? Il va maintenant nous poursuivre à coups de pierres, si tu ne le fais arrêter.

AR. J'enrage.

TYND. Ses yeux brûlent. Cela commence, Hégion. Vois-tu comme tout son corps se couvre de taches livides ? La bile noire le tourmente.

AR. Et toi, par Pollux, si ce vieillard était sage, c'est la poix noire qui te tourmenterait entre les mains du bourreau et qui flamberait sur ta tête (2).

(1) Tyndare joue sur le mot *Liber*, qui désigne le Bacchus des Romains et qui signifie aussi « libre ». La construction est aussi amphibologique. Voy. la note de Naudet.

(2) Supplice infligé aux esclaves, qu'on enveloppait de poix et brûlait vifs.

TYND. Voilà qu'il dit des extravagances ; les mauvais esprits excitent notre homme.

HÉG. Eh ! par Hercule, si je le faisais arrêter ?

TYND. Tu serais fort sage.

AR. J'enrage de ne pas avoir une pierre pour faire sauter la cervelle à ce coquin, qui me rend fou par ses paroles.

TYND. Entends-tu qu'il cherche une pierre ?

AR. Je veux te parler seul à seul, Hégion.

HÉG. Parle-moi de l'endroit où tu es, si tu as quelque chose à me dire ; je l'entendrai, malgré la distance.

TYND. Tu as raison, par Pollux, car si tu approches de lui, il t'arrachera le nez du visage avec ses dents.

AR. Par Pollux, Hégion, ne crois pas que je sois insensé, ni que je l'aie été jamais, ni que j'aie le mal qu'il prétend. Mais si tu as peur de moi, fais-moi lier ; j'y consens, pourvu qu'il soit lié aussi, lui.

TYND. Oui, oui, Hégion, qu'on le lie, puisqu'il y consent.

AR. Tais-toi donc ; je ferai en sorte, faux Philocrate, que tu sois reconnu aujourd'hui pour le vrai Tyndare. Pourquoi me fais-tu des signes négatifs ?

TYND. Moi ? je te fais des signes négatifs ?

AR. Que ferait-il, si tu étais plus loin ?

HÉG., *à Tyndare*. Dis-moi, si je parlais à cet insensé ?

TYND. Peine perdue ! Il se moquera de toi ; il te contera une histoire, qui n'aura ni pieds ni tête. Il ne lui manque que le costume : quand tu le vois, c'est Ajax en personne que tu vois (1).

HÉG. Cela m'est égal ; je veux lui parler quand même.

TYND., *à part*. Me voilà perdu tout à fait. Me voilà comme la victime entre l'autel et la pierre et je ne sais que faire (2).

HÉG. Je t'écoute, Aristophonte, si tu as quelque chose à me dire.

AR. Tu vas apprendre de ma bouche que ce que tu prends maintenant pour un mensonge est la vérité, Hégion. Mais, avant tout, je veux me justifier à tes yeux de cette accusation et te dire

(1) Allusion à l'*Ajax Furieux*, tragédie. Ajax dispute à Ulysse les armes d'Achille. Vaincu, il devient fou furieux.

(2) Dans le sacrifice qui accompagnait la conclusion d'un traité (*foedus ferire*), le Fétial frappait la victime avec un caillou (*lapis silex* ou *saxum silex*). Nous disons : « mettre le couteau sur la gorge ». L'allitération est ordinaire dans les formules et dans les proverbes.

que je ne suis pas atteint de folie ni d'aucune autre maladie que l'esclavage. Mais que le roi des dieux et des hommes ne me fasse jamais revoir ma patrie, s'il n'est pas vrai que celui-là n'est pas plus Philocrate que nous ne le sommes, toi et moi.

HÉG. Eh bien ! dis-moi, qui est-il donc ?

AR. Celui que je t'ai dit tout à l'heure, dès le commencement. Si tu trouves qu'il n'en est pas ainsi, je n'ai rien à redire à ce que je reste chez toi, privé de mes parents et de ma liberté.

HÉG. Que veux-tu dire ?

TYND. Que je suis ton esclave et que tu es mon maître.

HÉG. Ce n'est pas là ce que je demande. As-tu été libre ?

TYND. Oui.

AR. En vérité, il ne le fut jamais. Il raconte des sornettes.

TYND. Comment le sais-tu ? Est-ce que par hasard tu as été l'accoucheuse de ma mère, pour en parler si hardiment ?

AR. Je t'ai vu tout petit, quand j'étais tout petit.

TYND. Et moi je te vois grandi, devenu grand moi aussi : te voilà payé de la même monnaie. Si tu voulais bien faire, tu ne te mêlerais pas de mes affaires. Est-ce que je me mêle des tiennes ?

HÉG. Son père s'appelait-il Thésaurochrysonicochrysidès ?

AR. Non, et je n'ai jamais entendu ce nom-là jusqu'à ce jour. Philocrate a eu pour père Théodoromédès.

TYND., *à part*. Je suis perdu, absolument. O mon cœur, reste donc en paix ; va te faire pendre ou cesse de palpiter (1). Tu bondis, pendant que j'ai de la peine à me tenir sur mes jambes, tant j'ai peur.

HÉG. Faut-il donc me tenir pour bien assuré maintenant, que celui-ci était esclave en Élide et qu'il n'est pas Philocrate ?

AR. Oui, et jamais rien ne contredira ma parole. Mais Philocrate, où est-il à présent ?

HÉG. Où je voudrais beaucoup qu'il ne fût pas et où il désire le plus d'être. Ainsi donc j'ai été raboté, désarticulé (2), malheureux que je suis, par les artifices de ce coquin, qui m'a mené à plaisir par ses machinations. (*A Aristophonte.*) Mais pourtant, es-tu bien sûr ?

AR. Ce que je dis, je le sais d'une manière sûre et certaine.

(1) Il y a un jeu de mots dans *suspende te*, « suspends tes palpitations » et « pends-toi ».

(2) Métaphores comiques pour « dupé, berné ».

HÉG. C'est bien certain ? (1)

AR. En vérité, te dis-je, tu ne trouveras rien de plus certain que cette certitude. Philocrate fut déjà mon ami d'enfance.

HÉG. Mais quelle est la figure de ton ami Philocrate ?

AR. Je vais te le dire : le visage maigre, le nez pointu, le teint blanc, les yeux noirs, les cheveux tirant sur le roux, frisés et bouclés.

HÉG. C'est bien cela.

TYND., *à part*. En vérité, par Hercule, il faut que je sois sorti aujourd'hui sous de bien mauvais auspices. Malheur à ces malheureuses verges qui périront aujourd'hui sur mon dos !

HÉG. Ils m'ont joué, je le vois bien.

TYND. Que tardez-vous, entraves, à courir vers moi, à embrasser mes jambes, pour que je vous prenne sous ma garde !

HÉG. Ces coquins de prisonniers m'ont-ils assez attrapé par leur ruse ! L'un se donnait pour esclave, l'autre pour libre. J'ai perdu le cœur de la noix, et j'ai gardé en gage la coquille. Imbécile ! comme ils m'ont barbouillé la face (2) avec leurs couleurs ! Celui-ci du moins ne se moquera plus de moi. Colaphus, Cordalion, Corax, approchez et apportez des liens.

LE CORRECTEUR. Est-ce qu'on nous envoie lier des fagots ? (3)

## SCÈNE 5e (v. 659-767).

*Hégion, vieillard. Esclaves correcteurs. Tyndare, esclave. Aristophonte, jeune homme*

HÉGION. Mettez les menottes aux mains de ce coquin.

TYND. Qu'est-ce que cela veut dire ? Quel mal ai-je fait ?

HÉG. Tu le demandes ? Très bon semeur, très bon sarcleur et excellent moissonneur de crimes (4) ?

TYND. Ne voulais-tu pas dire herseur d'abord (5) ? car les laboureurs hersent toujours avant de sarcler.

(1) Littéralement : « mais réfléchis, s'il te plait ».

(2) Expression proverbiale pour dire « duper ».

(3) Plaisanterie d'esclave.

(4) Plaute emprunte souvent ses métaphores à la guerre ou à l'agriculture, deux occupations favorites des Romains. Hégion veut dire que Tyndare a inventé la ruse, en a dirigé l'exécution et qu'il en recueille le fruit.

(5) Avec une impertinence plaisante, Tyndare fait remarquer à Hégion qu'il a oublié une opération agricole. Sa bonne humeur persistante égaie cette scène émou-

HÉG. Oh ! oh ! Avec quelle assurance il me tient tête !

TYND. Il sied à un esclave innocent et sans reproche d'avoir de l'assurance, surtout devant son maître (1).

HÉG. Serrez-lui fortement les mains, je le veux.

TYND. Je t'appartiens : tu peux même les faire couper. Mais qu'est-ce que cela veut dire ? Pour quel motif es-tu irrité contre moi ?

HÉG. Parce que tu as fait tout ce que tu as pu, par ta scélératesse, par tes mensonges et par tes fourberies, pour déchirer et disloquer ma fortune, pour anéantir toutes mes espérances, mes calculs et mes plans. Car tu m'as enlevé Philocrate par tes fourberies. Je l'ai cru esclave et toi, je t'ai cru libre, comme vous-mêmes vous le disiez, après avoir échangé les noms entre vous.

TYND. J'avoue que tout a été fait comme tu le dis, et que c'est grâce à mes fourberies qu'il est parti loin de toi, grâce à mon adresse et à mon astuce. Est-ce par hasard pour cela, je t'en conjure, par Hercule, que tu es maintenant irrité contre moi ?

HÉG. Ah ! tu as fait tout cela ; mais cela te vaudra le dernier supplice.

TYND. Pourvu que je ne meure pas pour des méfaits, peu m'importe. Si je meurs ici, et si Philocrate ne revient pas, comme il l'a dit, j'aurai du moins, après ma mort, l'honneur d'avoir fait une glorieuse action, en arrachant mon maître captif à la servitude et aux ennemis, en le ramenant libre dans sa patrie auprès de son père, et en préférant exposer ma vie que de le laisser périr.

HÉG. Va donc jouir de ta gloire sur les bords de l'Achéron.

TYND. Qui périt pour la vertu, ne meurt pas tout entier (2).

HÉG. Quand je t'aurai livré aux plus cruels supplices pour l'exemple, et que je t'aurai envoyé à la mort pour tes trames perfides, qu'on dise, si l'on veut, que tu es mort tout entier ou que tu as seulement péri. Pourvu que tu périsses, je ne m'opposerai pas du tout à ce qu'on dise que tu es en vie.

vante. « Pendant que la tendance naturelle des faits entraine le drame vers le sérieux et l'héroïque, l'auteur, par la vivacité de sa verve enjouée les ramène au plaisant et au bouffon. » NAUDET.

(1) Encore une impertinence, car Tyndare est précisément coupable. Aussi Hégion est-il exaspéré.

(2) Belle maxime, comme il y en a plusieurs dans cette comédie.

TYND. Par Pollux, si tu fais cela, tu t'en repentiras, si Philocrate revient ici, comme je suis sûr qu'il reviendra.

ARIST. O dieux immortels! Je comprends maintenant, je sais à présent ce que cela veut dire : mon ami Philocrate est en liberté chez son père dans sa patrie. Tant mieux : il n'est personne à qui je veuille autant de bien. Mais ce qui me peine, c'est d'avoir rendu un mauvais service à celui-ci, car c'est à cause de moi et de mes paroles qu'il est maintenant enchaîné.

HÉG. Ne t'ai-je pas défendu aujourd'hui de me rien dire de faux ?

TYND. Tu me l'as défendu.

HÉG. Pourquoi as-tu osé me mentir ?

TYND. Parce que la vérité aurait nui à celui que je servais, tandis qu'un mensonge lui est utile à présent.

HÉG. Mais il te nuira, à toi.

TYND. C'est très bien. Mais j'ai sauvé mon maître, je suis heureux de l'avoir sauvé, lui à qui mon vieux maître m'avait donné comme gardien. Mais crois-tu que j'ai mal agi ?

HÉG. Très mal.

TYND. Eh bien ! moi je dis que j'ai bien fait et je pense autrement que toi. Réfléchis, en effet, que si ton esclave se conduisait ainsi envers ton fils, quel gré ne lui saurais-tu pas? Affranchirais-tu, oui ou non, cet esclave ? Ne te serait-il pas bien cher ? Réponds ?

HÉG. Je le crois.

TYND. Pourquoi donc es-tu irrité contre moi ?

HÉG. Parce que tu as été plus fidèle à celui-là qu'à moi.

TYND. Quoi ! tu as prétendu qu'un homme qui est prisonnier depuis tantôt, depuis une nuit et un jour, un esclave tout nouvellement acheté, d'hier, te mît au courant, en sorte que j'aurais préféré ton intérêt à l'intérêt de celui avec qui j'avais passé ma vie depuis mon enfance ?

HÉG. Demande-lui donc qu'il t'en soit reconnaissant. (*Aux esclaves.*) Conduisez-le où il recevra de grosses et lourdes entraves. De là, tu iras tout droit dans les carrières. Là, tandis que les autres tirent chacun huit pierres par jour, si tu ne fais pas chaque jour moitié plus d'ouvrage, on te donnera le surnom de l' « homme aux six cents coups ».

ARIST. Au nom des dieux et des hommes, je te conjure, Hégion, de ne pas perdre cet homme.

HÉG. On y veillera. En effet, la nuit, attaché avec une corde, il sera sous bonne garde ; le jour, il extraira des pierres sous terre. Longtemps je le ferai souffrir ; je ne le tiendrai pas quitte en un jour.

ARIST. Est-il bien certain que tu y sois décidé ?

HÉG. Il n'est pas plus certain que nous devons mourir un jour. Emmenez-le promptement chez le forgeron Hippolyte ; ordonnez qu'on lui attache de lourdes entraves. Faites qu'il soit conduit de là hors de la porte de la ville, chez mon affranchi Cordalus, dans les carrières. Et dites que je veux qu'on ait soin de lui (1), si bien qu'il ne soit pas moins maltraité que celui qui est le plus maltraité.

TYND. Pourquoi voudrais-je être sauvé malgré toi ? Ma vie est en péril, mais c'est à ton propre péril. Après la mort, il n'y a plus, dans la mort, aucun mal que je doive redouter. Même si je vis jusqu'à l'extrême vieillesse, le temps sera court pour supporter les souffrances dont tu me menaces. Adieu et porte-toi bien, quoique tu mérites que je parle autrement (2). Toi, Aristophonte, reçois les adieux que tu as mérités de ma part : car c'est à toi que je dois tout ceci.

HÉG. Emmenez-le.

TYND. Je ne te demande qu'une seule grâce : si Philocrate revient ici, donne-moi la permission de lui parler.

HÉG., *s'adressant aux esclaves*. Vous êtes morts, si vous ne l'emmenez hors de ma présence.

TYND. C'est de la brutalité, en vérité, de me tirer, et de me pousser à la fois (3).

HÉG. On le conduit tout droit en prison, comme il le mérite. Je veux donner aux autres captifs une bonne leçon, pour que personne n'ait l'audace de tenter un pareil méfait. Sans celui-ci, qui m'a tout révélé, ils me mèneraient toujours bridé, avec leurs ruses (4). Mais je suis bien décidé désormais à ne plus en croire personne. C'est assez d'avoir été dupé une fois ! Malheureux que

(1) Ironie cruelle.

(2) Tyndare, modèle de vertu, ne doit pas offenser son père, même sans le connaître : tel est l'esprit de tout ce drame. Plaute prend soin de conserver son héros pur de tout délit même involontaire (NAUDET). La colère d'Hégion est légitime : il a été dupé. L'intervention maladroite et la persistance d'Aristophonte n'ont pas d'excuse aux yeux de Tyndare.

(3) César dit aux conjurés : *Ista quidem vis est* (Suét., *Caes.*, 82).

(4) Il pense à un âne bridé : nous disons : « mener par le nez ».

je suis ! Je me flattais d'avoir tiré mon fils de la servitude : cet espoir s'est évanoui. J'ai perdu un fils, un enfant de quatre ans, qu'un esclave m'a dérobé, et jamais je n'ai retrouvé ni l'esclave ni mon fils. L'aîné est au pouvoir des ennemis. Quel malheur m'accable ? J'ai donné le jour à des enfants pour vivre dans l'isolement. (*A Aristophonte.*) Suis-moi ; je te reconduirai où tu étais. Je n'aurai plus pitié de personne, c'est bien décidé, puisque personne n'a pitié de moi.

ARIST. J'ai quitté mes liens sous des auspices favorables (1) ; maintenant, je le vois, je vais les reprendre sous de mauvais auspices (2).

(1) C'est-à-dire : avec l'espoir d'être mis en liberté.

(2) Il y a du comique de situation dans le IIe et le IIIe acte. Mais dès le commencement du IVe, le dénouement est prévu ; et il n'est point amené par ce qui précède ; il ne sort point des faits de la pièce ; il arrive par une scène qui ne vaut pas mieux que de tomber des nues (ANDRIEUX).

## ACTE IVᵉ.

### SCÈNE Iʳᵉ (v. 768-780).

*Ergasile, parasite.*

Jupiter tout-puissant, tu me sauves et tu me combles de biens (1). Quelles magnifiques et grasses richesses tu m'offres : honneur, profit, plaisir, divertissements, gaieté, fêtes, magnificence, provisions, rasades, bonne chère, joie ! Je ne supplierai plus personne désormais, c'est bien décidé ; car je puis servir mes amis ou perdre mes ennemis. Tant ce jour délicieux m'a comblé de délicieuses délices ! C'est un héritage opulent, sans les charges du culte (2), que j'ai recueilli. Maintenant je vais diriger ma course chez le vieil Hégion, qui demeure ici : je lui apporte autant de biens qu'il en demande aux dieux, et même davantage. Maintenant, c'est bien décidé : à la manière des esclaves de comédie (3), je vais retrousser mon manteau sur l'épaule, pour être le premier à lui apprendre la chose. Et j'espère, à cause de cette nouvelle, obtenir à manger pour le reste de mes jours (4).

### SCÈNE 2ᵉ (v. 781-908).

*Hégion, vieillard. Ergasile, parasite.*

HÉG. Plus je rumine mon aventure dans mon esprit, plus le chagrin augmente dans mon cœur. Est-il possible que je me sois

(1) C'est le parasite qui est chargé d'annoncer le retour de Philocrate. Ses plaisanteries et ses grimaces doivent égayer le spectateur, car en elles-mêmes les scènes de cet acte sont touchantes. Plaute aime à prolonger outre mesure les scènes drôles.

(2) C'est-à-dire « une bonne aubaine ». L'héritier devait pourvoir aux frais du culte familial, qui ne pouvait s'éteindre.

(3) *Servos currentes*, dit Térence, *Eun.*, 36. L'esclave court souvent pour remplir les missions de son maître ; pour être plus agile, il roule son petit manteau (*palliolum*, ἱματίδιον) et le met sur l'épaule.

(4) On ne comprend pas comment Philocrate, parti de Calydon en Étolie, à la fin du IIᵉ acte, est déjà revenu d'Élide au commencement du IVᵉ. Il faut bien que l'unité de temps, la règle des 24 heures, ne soit pas observée dans la pièce (ANDRIEUX). — En effet, cette prétendue règle n'était pas toujours observée, même dans le théâtre classique. Voyez l'*Avant-propos* de Naudet.

laissé barbouiller la figure de cette façon aujourd'hui ? Et je ne me suis aperçu de rien ! Quand on le saura, je serai la risée de la ville. Aussitôt que j'arriverai au forum, tous diront : « Le voilà, ce vieillard avisé, qui s'est laissé payer de mots ». Mais n'est-ce pas Ergasile que je vois là-bas ? C'est lui-même. Il a replié son manteau : que va-t-il faire ?

ERG., *sans voir Hégion*. Allons, plus de retard, Ergasile, et occupe-toi de cette affaire. Je défends et j'interdis (1) que personne ne me barre le chemin, à moins que ce ne soit un homme qui croie avoir assez vécu. Car, quiconque m'arrêtera, sera sur son nez (2).

HÉG. Cet homme se prépare au pugilat.

ERG. Oui, je suis décidé à faire comme je dis. Par conséquent, que chacun aille son chemin ; que personne ne vienne discuter ses affaires sur cette place, car mon poing est une baliste, mon coude est une catapulte, mon épaule est un bélier (3), et si je pousse quelqu'un du genou, je le jetterai à terre. Je ferai des ramasseurs de dents de tous les mortels que je heurterai.

HÉG. Quel est cet avis menaçant ? Je ne puis assez m'étonner.

ERG. Je ferai qu'il se souvienne pour toujours de cette journée, de ce lieu et de moi. Quiconque m'arrêtera dans ma course, je vous le garantis, celui-là arrêtera le cours de sa vie.

HÉG. Quels projets notre homme a-t-il, avec de telles menaces ?

ERG. Je vous en préviens d'abord : pour que personne ne soit pincé par sa faute, tenez-vous enfermés chez vous et évitez ma violence.

HÉG. Il faudrait s'étonner, par Pollux, s'il n'a pas mis cette audace dans son ventre (4). Il est à plaindre, le malheureux dont la table l'a rendu si insolent.

ERG. Et les meuniers, éleveurs de truies, qui nourrissent avec du son des pourceaux, dont l'odeur empêche de passer devant les moulins, je les préviens que, si j'aperçois sur la voie publique une de leurs truies, mes poings secoueront le son du dos des maîtres eux-mêmes.

(1) Il prend le ton du préteur qui publie un édit.

(2) Au lieu d'être sur ses jambes.

(3) La baliste sert à lancer des pierres et la catapulte des traits : le bélier sert à battre les remparts.

(4) Au lieu de l'avoir dans son esprit. Il a l'estomac plein ; de là son audace.

HÉG. C'est un édit royal et tyrannique qu'il proclame ! Notre homme est repu ; c'est dans le ventre, sans aucun doute, qu'il a son audace.

ERG. Et les poissonniers, qui vendent au peuple des poissons pourris, qu'ils amènent sur une rosse martyrisée de coups et dont l'odeur chasse tous les flaneurs de la basilique (1) dans le forum, je les préviens que je leur frotterai la figure avec leurs propres paniers à poisson, pour leur apprendre quel supplice ils infligent au nez d'autrui.

Et les bouchers enfin, qui mettent les brebis en deuil de leurs petits, qui font tuer des agneaux et qui vendent la viande d'agneau le double de sa valeur, qui font passer un bélier coriace pour un mouton gras : je les avertis que, si j'aperçois dans la rue un de ces béliers coriaces, je ferai et du bélier et du maître les plus malheureux des mortels.

HÉG. Bravo ! Ce sont des édits dignes d'un édile, qu'il proclame, ma foi ; et je m'étonne vraiment si les Étoliens n'en ont pas fait leur agoranome.

ERG. Aujourd'hui je ne suis plus parasite ; je suis roi (2), plus roi que tous les rois : tant est riche le convoi de vivres qui est arrivé dans le port pour mon ventre (3) ! Mais que tardé-je à combler de joie le vieil Hégion, qui est vraiment, en ce jour, de tous les hommes le plus fortuné ?

HÉG. Quelle est cette joie que cet homme si joyeux vient m'apporter ?

ERG., *frappant à la porte d'Hégion.* Holà ! où êtes-vous ? Y a-t-il quelqu'un ici ? Va-t-on ouvrir cette porte ?

HÉG. Cet homme revient chez moi chercher à souper.

ERG. Ouvrez cette porte à deux battants, avant que je la fasse voler en éclats et périr sous mes coups.

HÉG. J'ai grande envie de l'aborder. — Ergasile !

ERG. Qui appelle Ergasile ?

(1) La basilique est un édifice public, avec de vastes salles et des portiques où l'on se promène. Elle sert de tribunal, de bourse et de promenade.

Il n'y avait encore qu'une basilique à Rome, la *basilica Porcia*, bâtie par Caton le Censeur en 184. Plaute mourut en 184 et ce vers doit être postérieur.

(2) Nous avons vu que c'est le nom donné aux riches par leurs clients et par les parasites.

(3) Il désigne par là Philocrate. On voit qu'il aime les métaphores militaires.

HÉG. Tourne-toi vers moi.

ERG. Tu m'invites à faire pour toi ce que la Fortune ne fait point et ne fera jamais pour toi (1). Mais qui es-tu ?

HÉG. Regarde-moi : je suis Hégion.

ERG. O le meilleur de tout ce qu'il y a de meilleur parmi les hommes, tu arrives à propos.

HÉG. Tu as trouvé au port quelque invitation à souper : c'est pour cela que tu prends des airs de dégoûté.

ERG. Donne-moi la main.

HÉG. Ma main ?

ERG. Oui, ta main ; donne-moi ta main tout de suite.

HÉG. Tiens.

ERG. Réjouis-toi.

HÉG. Pourquoi me réjouir ?

ERG. Parce que je le commande. Allons, réjouis-toi donc !

HÉG. Par Pollux, les peines chez moi passent avant les joies.

ERG. Ne t'irrite pas. Je vais faire sortir tout de suite de ton corps toute trace de chagrin. Réjouis-toi en toute confiance.

HÉG. Je me réjouis donc, bien que je ne sache pas pourquoi je me réjouis.

ERG. A la bonne heure ! Ordonne...

HÉG. Que dois-je ordonner ?

ERG. ... d'allumer un feu énorme.

HÉG. Un feu énorme ?

ERG. Oui, je veux qu'il soit grand.

HÉG. Eh quoi ! vautour que tu es, crois-tu que pour ton bon plaisir je vais brûler ma maison.

ERG. Ne te fâche pas. Ordonnes-tu, oui ou non, qu'on mette tout de suite les marmites au feu, qu'on nettoie les plats, qu'on fasse cuire le lard et les mets dans des casseroles ardentes, qu'un autre aille acheter du poisson...

HÉG. Cet homme rêve tout éveillé !

ERG. Un autre, du porc, de l'agneau, des poulets...

HÉG. Tu sais faire bonne chère, si tu as de quoi.

ERG. ... Un autre du jambon, de la lamproie, du maquereau de la saison, de la raie, du thon et du fromage mou.

(1) *Respicere* a deux significations : regarder en arrière ; regarder favorablement. Il y avait à Rome un temple de la *Fortuna Respiciens*.

HÉG. Il te sera plus facile de nommer tous ces mets que de les manger ici, chez moi, Ergasile.

ERG. Crois-tu donc que c'est pour moi que je parle ?

HÉG. Je ne dis pas que tu ne mangeras rien, mais tu n'auras pas beaucoup plus que rien, ne t'y trompe pas. Par conséquent, apporte ici l'estomac que comporte ta chère habituelle.

ERG. Eh ! bien, grâce à moi, au contraire, tu voudras te mettre en frais, quand bien même je te le défendrais.

HÉG. Moi ?

ERG. Oui, toi.

HÉG. Alors tu es mon maître ?

ERG. Non, mais ton ami. Veux-tu que je te rende heureux ?

HÉG. Oui, plutôt que malheureux.

ERG. Donne-moi la main ?

HÉG. La voici.

ERG. Que tous les dieux te soient propices !

HÉG. Je ne le sens pas du tout.

ERG. Tu n'es pas, en effet, dans un buisson d'épines ; voilà pourquoi tu ne sens pas (1). Mais ordonne de préparer tout de suite des vases purs pour le sacrifice et d'apporter un agneau gras et sans défaut.

HÉG. Pourquoi ?

ERG. Pour faire un sacrifice.

HÉG. A quel dieu ?

ERG. A moi, par Hercule ! Car je suis maintenant pour toi le très grand Jupiter, et en même temps le Salut, la Fortune, la Lumière, l'Allégresse, la Joie : en conséquence, rends-toi ce dieu propice en lui faisant faire bonne chère.

HÉG. Tu m'as l'air d'avoir faim.

ERG. Cet air-là je l'ai pour moi, non pour toi (2).

HÉG. A ton gré : je suis docile.

ERG. Je le crois : c'est une habitude d'enfance.

HÉG. Que Jupiter et les autres dieux te perdent !

ERG. Toi plutôt, par Hercule... Tu devrais me remercier pour la bonne nouvelle ; car c'est un grand bonheur que je t'apporte du port. Maintenant c'est toi qui me plais.

(1) Jeu de mots sur *sentis*, tu sens, et *sentis*, épines, *senticetum*, lieu couvert de broussailles. « Voilà un bien misérable calembour », dit Naudet.

(2) « Encore un calembour, qui tient à la construction de la phrase, selon qu'on joint *mihi* à *videre* ou à *esurire*. » (NAUDET.)

Hég. Va, tu es fou : tu viens trop tard !

Erg. Si j'étais venu il y a un instant, tu pourrais bien mieux dire « trop tard ». Mais écoute cette bonne nouvelle que je t'apporte. Dans le port, il y a un instant, j'ai vu ton fils Philopolemus vivant, bien portant, sain et sauf, sur un navire de l'État, et avec lui ce jeune Éléen, ainsi que ton esclave Stalagmus, qui s'est enfui de chez toi, en dérobant ton jeune fils, âgé de quatre ans.

Hég. Va-t'en à la malheure, tu te moques de moi !

Erg. Veuille la déesse Bombance (1) m'être favorable et permettre que je sois décoré de son surnom, aussi certainement que je l'ai vu !

Hég. Mon fils ?

Erg. Ton fils, et mon bon Génie.

Hég. Et le captif éléen ?

Erg. Je le jure par Apollon !

Hég. Et aussi mon esclave Stalagmus, qui m'a dérobé mon fils ?

Erg. Je le jure par Cora (2).

Hég. Il y a longtemps ?

Erg. Je le jure par Préneste !

Hég. Il est venu ?

Erg. Je le jure par Signia ?

Hég. C'est bien vrai ?

Erg. Je le jure par Frusino !

Hég. Songe, je te prie, à ce que tu dis.

Erg. Je le jure par Alatrium !

Hég. Pourquoi jures-tu par des villes barbares (3) ?

Erg. Parce qu'elles sont rudes au gosier, comme ton manger, à ce que tu prétendais.

Hég. Malheur à toi !

Erg. Bien sûr, malheur à moi, puisque tu ne veux rien croire de ce que je t'affirme expressément. Mais à propos, ce Stalagmus, quand il s'enfuit, de quelle nationalité était-il ?

Hég. Il était Sicilien.

Erg. Eh bien ! maintenant, il n'est plus Sicilien. Il est Boïen,

(1) *Saturitas.* Naudet traduit : « Plénipanse ».

(2) Cora ou Proserpine est une déesse; mais Cora est aussi une ville du Latium. C'est ce qui amène les serments qui suivent.

(3) Tout ce qui n'est pas grec est qualifié barbare.

car il serre une Boïenne (1) : pour qu'il ait des enfants (2), on lui aura donné une épouse légitime, je suppose.

HÉG. Dis-moi, est-ce en toute sincérité que tu m'as raconté tout cela ?

ERG. Oui.

HÉG. Dieux immortels, je me sens renaître, si tu dis la vérité.

ERG. Que dis-tu ? Douterais-tu encore, quand bien même je prêterais un serment solennel ? Enfin, Hégion, si tu fais si peu de cas de mes serments, va-t'en voir au port.

HÉG. Je le ferai, c'est décidé. Quant à toi, va chez moi préparer ce qu'il faut. Prends, demande, tire du cellier ce que tu veux : je te fais mon cellerier.

ERG. Par Hercule, si j'ai été un faux prophète, qu'on me donne du bâton.

HÉG. Je te servirai un festin éternel, si tu dis vrai.

ERG. Chez qui ?

HÉG. Chez moi et chez mon fils.

ERG. Tu en réponds ?

HEG. J'en réponds.

ERG. Et moi, je réponds à mon tour du retour de ton fils.

HÉG. Fais de ton mieux.

ERG. Bonne promenade. (*Hégion sort.*) Le voilà parti : il m'a confié la direction suprême des vivres (3). Dieux immortels, comme je vais maintenant trancher la tête aux bêtes ! (4) Quel fléau va s'abattre sur les jambons ! Quel désastre pour le lard ! Quelle débâcle pour les tétines de truie ! Quelle calamité pour la couenne ! (5) Quelle fatigue pour les bouchers et pour les charcutiers ! Je n'en finirais plus, s'il me fallait énumérer tout ce qui sert à remplir l'estomac. Maintenant, puisque je suis investi d'une préfecture, je vais rendre la justice au lard et porter secours aux jambons pendus sans jugement (6).

(1) Jeu de mots : *Boia*, une Boienne les Boiens sont des Gaulois de la Cisalpine récemment soumis par Rome); *boia*, un collier ou carcan. Stalagmus porte le carcan, qui lui enserre le cou.

(2) Et qu'il n'ait plus besoin d'enlever des enfants.

(3) Parodie de *respublica summa*

(4) *Tegus* ou *tergus*, terme de boucherie, désigne le corps de l'animal, les entrailles et les quatre membres enlevés.

(5) Horace, *Epist.*, 1, 15, 25, appelle le parasite Ménius : *pernicies et tempestas barathrumque macelli.*

(6) Il se compare au préfet envoyé par le préteur dans les villes d'Italie qui avaient

## SCÈNE 3^e (909-921).

*Un jeune esclave.*

Que Jupiter et les dieux te perdent, Ergasile, toi et ton ventre, et tous les parasites et tous ceux qui désormais donneront un diner aux parasites! Un désastre, une calamité, un ouragan vient de fondre sur notre maison. J'ai tremblé que, comme un loup affamé, cet homme ne se jetât sur moi. J'ai eu une terrible peur de lui, à l'entendre grincer des dents. A peine entré, il a arraché le garde-manger avec les viandes. Il a saisi un grand couteau, il a coupé les glandes à trois bêtes ; il a brisé les marmites et les jattes, à moins qu'elles n'eussent la capacité d'un boisseau. Il s'informait auprès du cuisinier, si les jarres pouvaient aller au feu. Il a enfoncé tous les celliers, ouvert de force le buffet. Surveillez-le, esclaves, si vous voulez ; quant à moi, je m'en vais trouver mon vieux maître : je lui dirai qu'il doit s'approvisionner à nouveau de vivres, si du moins il veut en avoir ; car, ici, du train dont Ergasile y va, il n'y aura bientôt plus rien ou plutôt il n'y a déjà plus rien (1).

le *jus civitatis Romanae*, pour rendre la justice. On l'appelait *praefectus juri dicundo*.

(1) Il y a un intervalle entre cette scène et la précédente ; car l'esclave se plaint des ravages que le parasite a faits dans la cuisine. Un air de flûte amusait le public. *Pseudolus*, 573 : *tibicen vos interea oblectaverit*. Cf. SCHANZ, *Gesch. der roem. Lit.*, I[3], p. 172.

## ACTE V[e].

### SCÈNE 1re (922-953).

*Hégion, vieillard. Philophemus, Philocrate, jeunes gens. Stalagmus, esclave.*

HÉG. Je rends mille fois grâces à Jupiter et à tous les dieux, et à juste titre, parce qu'ils t'ont ramené et rendu à ton père, parce qu'ils m'ont délivré de toutes les peines que j'ai supportées, privé de toi ; parce que je revois celui-là (*montrant Stalagmus*) en notre pouvoir ; parce qu'enfin cette promesse qu'on nous avait faite a été tenue.

PHILOP. J'ai assez souffert dans mon cœur ; les soucis et les larmes m'ont assez longtemps consumé : j'ai entendu le récit de tes malheurs, que tu m'as racontés au port. Occupons-nous maintenant de notre affaire.

PHILOCR. Eh ! bien, maintenant que j'ai tenu parole et que je t'ai ramené ton fils libre, que vas-tu faire ?

HÉG. Tu as agi de telle sorte que je ne pourrai jamais assez te témoigner ma reconnaissance, Philocrate, pour tes bienfaits envers moi et envers mon fils.

PHILOP. Si, tu le peux, mon père, tu le pourras et moi je le pourrai, et les dieux te donneront le moyen de récompenser par un bienfait le service que nous a rendu notre bienfaiteur. Ainsi, tu peux maintenant, mon père, lui rendre un inappréciable service.

HÉG. Pourquoi tant de paroles ? (*A Philocrate.*) Quoi que tu puisses demander, je n'ai pas de langue pour te refuser.

PHILOCR. Je te prie de me rendre cet esclave que j'avais laissé ici en gage pour moi et qui a toujours préféré mes intérêts aux siens, afin que je puisse lui donner le prix dû à ses bienfaits.

HÉG. Tes bienfaits seront récompensés. Ce que tu me demandes, tu l'obtiendras, et aussi tout ce que tu pourrais me demander encore. Mais ne sois pas fâché, si, dans ma colère, je l'ai maltraité.

PHILOCR. Qu'as-tu fait ?

HÉG. Je l'ai enfoui, les entraves aux pieds, dans les carrières, dès qu'il m'est revenu que j'avais été dupé.

PHILOCR. Malheur à moi, infortuné ! Et dire que c'est à cause de moi que ce malheur a frappé un homme si bon !

HÉG. Mais à cause de cela, je ne veux pas que tu me donnes pour sa rançon même un seul as : tu peux l'emmener pour rien, afin qu'il soit libre.

PHILOCR. Par Pollux, Hégion, tu es bien aimable. Mais, je te prie, fais-le venir.

HÉG. Volontiers. (*Aux esclaves.*) Où êtes-vous ? Courez vite et amenez ici Tyndare. Quant à vous, entrez. Pendant ce temps, je veux interroger ce pendard transformé en statue, pour savoir ce qu'il est advenu de mon plus jeune fils. Vous, pendant ce temps, baignez-vous.

PHILOPOL. Suis-moi, Philocrate, entrons.

PHILOCR. Je te suis.

## SCÈNE 2e (v. 954-977).

*Hégion, vieillard. Stalagmus, esclave.*

HÉGION. Allons, approche, toi l'honnête homme, mon aimable esclave (1).

STALAGMUS. Que dois-je faire, moi, lorsqu'un homme tel que toi dit des mensonges ? Joli et aimable, je le fus, mais jamais je ne fus ni homme de bien, ni honnête, et je ne le serai jamais, ne t'y trompe pas. Non, n'espère pas que jamais je devienne honnête.

HÉG. Sans aucun doute, tu comprends facilement où en sont tes affaires. Si tu dis la vérité, tu rendras ta situation, de mauvaise qu'elle est, un peu meilleure. Parle donc franchement et sincèrement ; mais jusqu'à présent tu n'a jamais agi avec franchise et sincérité.

STAL. Je l'avoue moi-même : penses-tu que j'en rougisses, quand tu le dis ?

HÉG. Eh bien ! je te ferai bien rougir : car je te rendrai rouge des pieds à la tête.

STAL. Eh ! eh ! si je ne me trompe, tu me menaces de coups, comme un novice. Allons, laissons tout cela, et dis-moi ce que tu me veux, afin que tu obtiennes ce que tu demandes.

(1) Stalagmus ne revient au Ve acte, que pour chercher et recevoir la punition du crime qu'il a commis, il y a vingt ans, en volant et en allant vendre comme esclave, en Élide, le fils de son maître (ANDRIEUX).

HÉG. Tu ne manques pas de faconde ; mais je veux que tu règes tes discours.

STAL. Qu'il en soit comme tu veux.

HÉG. *à part.* Dans son enfance, il fut complaisant ; mais cela convient plus. — Arrivons au fait. Prête-moi ton attention et plique-moi ce que je vais te demander. Si tu es véridique, tu ndras ta situation un peu meilleure.

STAL. Chansons que tout cela ! Crois-tu que je ne sache pas ce e je mérite.

HÉG. Mais tu peux en éviter une petite partie, sinon le tout.

STAL. Une petite partie, oui, je le sais ; car j'en aurai beaucoup je l'aurai bien mérité, puisque je me suis enfui et que j'ai robé ton fils et l'ai vendu.

HÉG. A quel homme ?

STAL. A Théodoromède Polyplusius, en Élide, pour six mines.

HÉG. O dieux immortels ! c'est précisément le père de Philote que voici !

STAL. Certes, je le connais mieux que toi et je l'ai vu plus uvent.

HÉG. Grand Jupiter, sauve-nous, mon fils et moi. Philocrate, t'en conjure par ton Génie, sors ; j'ai à te parler.

## SCÈNE 3^e (v. 978-997).

*Philocrate, jeune homme. Hégion, vieillard. Stalagmus, esclave.*

PHIL. Hégion, me voici. Si tu as quelque chose à me dire, rle.

HÉG. Celui-ci prétend avoir vendu mon fils à ton père, en lide, pour six mines.

PHIL. Combien de temps y a-t-il de cela ?

HÉG. Voici que commence la vingtième année.

PHIL. Il débite des mensonges.

STAL. Moi ou toi ; car, quand tu étais petit, ton père te donna n pécule un enfant âgé de quatre ans.

PHIL. Quel était son nom ? Si tu dis la vérité, dis-le moi.

STAL. On l'appelait Paegnium ; mais dans la suite vous lui onnâtes le nom de Tyndare.

PHIL. Pourquoi ne te reconnais-je pas ?

STAL. Parce que les hommes ont l'habitude d'oublier et de ne pas reconnaître celui dont la faveur n'est d'aucun prix.

PHIL. Dis-moi, celui que tu vendis à mon père, est-ce celui qui m'a été donné en pécule ?

STAL. C'est le fils de celui-ci.

PHIL. Cet homme est-il en vie ?

STAL. J'ai reçu l'argent, je ne me suis pas inquiété du reste.

HÉG. Qu'en dis-tu ?

PHIL. Certes, Tyndare lui-même que voilà est ton fils, d'après les renseignements que celui-ci nous donne ; en effet, dès sa plus tendre enfance il a été élevé avec moi, honnêtement et chastement, jusqu'à son adolescence.

HÉG. Je suis à la fois malheureux et heureux, si vous dites la vérité. S'il est mon fils, je suis malheureux, parce que je l'ai traité durement. Hélas ! je m'en veux d'avoir fait tout ensemble plus et moins que je ne devais (1). Je souffre du mal que je lui ai fait. Si je pouvais seulement revenir sur ce qui est fait ! Mais voici qu'il vient, dans un accoutrement peu digne de ses vertus.

## SCÈNE 4e (v. 998-1028).

*Tyndare, esclave. Hégion, vieillard. Philocrate, jeune homme. Stalagmus, esclave.*

TYND. Très souvent j'ai vu représentés en peinture les supplices qui sont infligés sur les bords de l'Achéron. Mais, en vérité, nul Achéron n'est comparable au lieu où j'ai été dans les carrières ! Là seulement se trouve le lieu où, pour chasser la fatigue du corps, il faut... travailler. Car à peine y fus-je arrivé, que, comme aux jeunes patriciens on donne des merles, des canetons ou des cailles pour jouer, on me donna, dès mon arrivée, ce pic (2) pour m'amuser. Mais voilà mon maître devant la porte, et mon autre maître, le voilà revenu de l'Élide.

HÉG. Salut, mon fils tant désiré.

TYND. Comment ? Quoi ? Mon fils ! Ah ! je sais pourquoi tu feins d'être mon père et tu m'appelles ton fils : c'est parce que, comme mes parents, tu me fais voir le jour.

(1) Il s'est montré trop dur et pas assez indulgent.

(2) Il tient en main le pic de carrier et joue sur le mot *upupa* qui désigne à la fois un oiseau, la huppe, et cet instrument.

PHIL. Salut, Tyndare.

TYND. Salut à toi aussi, pour qui je subis ces malheurs.

PHIL. Mais maintenant tu seras libre et riche, je te l'assure ; car voici ton père. Cet esclave, qui te déroba ici alors que tu avais quatre ans, te vendit à mon père pour six mines. Mon père te donna tout petit en pécule, à moi tout petit. C'est celui-ci qui a révélé tout cela à Hégion ; car nous l'avons ramené ici de l'Élide.

TYND. Et le fils d'Hégion ?

PHIL. Ton frère est là, dans la maison.

TYND. Que dis-tu ? As-tu ramené le captif, son fils ?

PHIL. Oui, te dis-je, il est là, dans la maison.

TYND. Par Pollux, tu as fait là une bonne et belle action.

PHIL. Voici maintenant ton père (*montrant Stalagmus*), et voici ton ravisseur (*montrant Hégion*), qui t'enleva d'ici autrefois en bas âge.

TYND. Mais maintenant que je suis grand, je le livrerai, tout grand qu'il est, au bourreau en punition de son larcin.

PHIL. Il le mérite bien.

TYND. Aussi, par Pollux, lui donnerai-je la récompense méritée. Mais toi, dis-moi, es-tu mon père ?

HÉG. Oui, mon cher fils, je le suis.

TYND. Maintenant en effet, que j'y réfléchis, je rappelle à ma mémoire, oui par Pollux, le souvenir me revient comme à travers un nuage, que j'ai entendu, que mon père se nommait Hégion.

HEG. C'est moi.

PHIL. Je te prie que ton fils soit délivré de ces entraves et que cet esclave en soit chargé.

HÉG. Je veux d'abord m'occuper de cela. Entrons et faisons venir le serrurier, que je te retire ces entraves pour les donner à Stalagmus.

STAL. Comme je n'ai pas de pécule, tu me feras plaisir, en me donnant quelque chose.

## LA TROUPE.

Spectateurs, cette comédie est conforme aux bonnes mœurs. Il n'y a pas dans cette pièce de séduction, ni d'amourette, point de supposition d'enfant, point d'argent escroqué, point de je amoureux qui affranchisse une courtisane à l'insu de son p Les poètes trouvent peu de comédies de ce genre, où les b deviennent meilleurs. Vous maintenant, si elle vous plait, si n vous avons plu et si nous ne vous avons pas ennuyés, prouve ainsi (*il fait le geste d'applaudir*). Vous qui voulez que la v soit récompensée, applaudissez.

---

# BIBLIOGRAPHIE.

Voyez le *Jahresbericht über Plautus 1895-1905*, de W. M. LINDSAY, dans les Jahresberichte über die Fortschritte der klass. Alt., von BURSIAN, 1906, Bd 130, p. 116-282.

**Le théâtre à Rome**. Voyez l'Introduction, les figures. Occasions des jeux scéniques. Le théâtre. Les acteurs Les directeurs de troupes. Costumes et décors. Le public. La pièce.

J. MARQUARDT, *Le culte chez les Romains*. Vol. II (Friedlaender).

PH. FABIA, *Le théâtre de Plaute et de Térence* Revue de philologie, 21, 1897, p. 11.

M. SCHANZ, *Geschichte der roemischen Literatur*. Volume I. 1[3], p. 195-202.

W. DOERPFELD, *Das griechische Theater*. Athènes, 1896.

G. OEMICHEN, *Das Bühnenwesen* (dans I. Mueller, Handbuch, V, 3).

**La comédie nouvelle.**

G. GUIZOT, *Ménandre*. Paris, 1855.

BENOÎT, *Essai sur la comédie de Ménandre*. Paris

J. DENIS, *La comédie grecque*, 2 vol Paris, 1886. T. II, p. 332 et ss.

K O. MUELLER, *Histoire de la littérature grecque*. 2e vol.

A. et M. CROISET, *Histoire de la littérature grecque*, vol III, p. 581 et ss.

Les fragments des poètes grecs ont été recueillis par Meineke et par Kock. A. MEINEKE, *Fragmenta comicorum graecorum*, vol. IV (Berlin, 1839-1841). KOCK, *Comicorum atticorum fragmenta*, 3 vol. Lipsiae, 1880-8.

Sur les fragments considérables de Ménandre trouvés récemment en Égypte, voy. le *Bulletin bibl. du Musée Belge*, t. 12, 1908, p. 217-218, et t. 13, p. 302.

MAURICE CROISET a publié une édition annotée de l'*Arbitrage*, avec une traduction, dans la *Revue des Études grecques*, 1908, et à part, chez Leroux, à Paris.

**La comédie à Rome**. Vers fescennins. *Satura*. *Fabula palliata*. *Fabula togata*. Atellane. Mime. Plaute et la *palliata*. Cécilius. Térence.

Les témoignages des anciens sur les *noms*, la *vie* et les *œuvres* de

Plaute ont été réunis dans la petite édition de Goetz et Schoell (chez Teubner), p. xv et suiv. (et à part : Supplementum). Voyez RITSCHL, *Parerga Plautina* (Leipzig, 1845).

Sur les *fabulae Varronianae*, voyez RITSCHL, *Parerga*, p. 73.

G. BOISSIER, Articles *Comoedia*, *Atellane*, *Canticum*, *Mimus*, dans Daremberg et Saglio, Dictionnaire des antiquités grecques et romaines.

PATIN. *Études sur la poésie latine*, vol. I, p. 224-259, 327-376, II, p. 10-14, 206-365.

TEUFFEL, *Histoire de la littérature romaine*, I, p. 142-157.

SCHANZ, *ouvr. cité*, I, 1³, p. 68-109 (Plaute) et 168-174 (*Palliata* : personnages, prologue, épilogue, actes, scènes, diverbia, cantica, contaminatio).

F LEO, *Plautinische Forschungen*. Weidmann, 1895.

J. VAN WAGENINGEN, *Scaenica Romana* et *Album Terentianum*. Groningue, Noordhoff, 1907.

CLOVIS LAMARRE, *Histoire de la littérature latine*, vol. I, p 282-488.

O. RIBBECK, *Histoire de la poésie latine*. I, p. 70-158. Trad. Droz et Kontz.

P. BERGERON, *Histoire de la littérature latine*. vol. I, p. 26-75.

PAUL ALBERT, *Histoire de la littérature latine*, vol. I chap. IV.

P. THOMAS, *La littérature latine jusqu'aux Antonins*. p. 39-51.

GOUMY, *Les Latins*, p. 31-54.

MOUCHARD, *Les auteurs latins du baccalauréat* Paris, Poussielgue, 1903. (Bonne étude.)

F. PLESSIS, *La poésie latine*. Paris, Klincksieck, 1909 (pp. 48-66).

P. FAIDER, *Le poète comique Cécilius* Louvain, Ch. Peeters, 1908.

Les fragments des poètes comiques latins ont été recueillis par O. RIBBECK, *Comicorum Romanorum fragmenta*. éd. 3. Teubner, 1898.

**Les prologues**. Voyez ci-dessus, p. 24

PH. FABIA, *Les prologues de Térence*. Paris, 1888.

W. FRANTZ, *De comoediae Atticae prologis*. Strasbourg, 1891.

G. BOISSIER, *Les prologues de Térence*, dans les *Mélanges Graux*.

F. LEO, *Plautin. Forschungen*, p. 170 223 : Die Prologe.

R. STADTHAUS, *De prologis fabularum Plautinarum*. Progr. Friedberg, 1906. 19 pp.

**Imitations**. Voyez ci-dessus, p 17, et l'ouvrage de Reinhardstoettner.

**Le droit dans Plaute**. L. PERNARD, *Le droit romain et le droit grec dans le théâtre de Plaute et de Térence*. Thèse. Lyon, 1900.

O. FREDERSHAUSEN, *De jure Plautino et Terentiano*. I. Göttingen, 1906.

**La vie sociale dans Plaute.** L. E. Benoist. *De personis muliebribus apud Plautum.* Thèse. Paris, 1862.

E. Bertin, *De Plautinis et Terentianis adolescentibus amatoribus.* Paris, 1879.

V. Nussbaum, *De morum descriptione Plautina* Progr. Suczawa, 1895.

H. Wallon, *Histoire de l'esclavage dans l'antiquité.* T. II et III.

**L'art militaire dans Plaute** D Wollner, *Die auf das Kriegswesen bezüglichen Stellen bei Plautus und Terentius.* Progr Landau, 1892 et 1901

**Langue de Plaute.** F. G. Holtze, *Syntaxis priscorum scriptorum lat. usque ad Terentium* 2 vol. Leipzig, 1862 (Ergänzung, 1881).

G. Lodge, *Lexicon Plautinum.* 5 fasc. Teubner, 1901 et ss.

W. M. Lindsay, *Syntax of Plautus.* Oxford, Parker. 1907, 138 pp.

A. W. Hodgman, *Noun declension in Plautus.* Classical Review, 1902, pp. 294-305. *Adjectival forms in Plautus.* Ibid , p. 446-452. *Adverbial forms in Plautus.* Ibid., 1903, p. 296-303. *Verb forms in Plautus.* The classical Quarterley, I, 1907, p. 42-52 et 97-134.

Voy. Schanz, I, 1[3], p. 103-104 et les introductions de Ramain, *Extraits du théâtre latin,* et Ph. Fabia, *Extraits des comiques latins.*

**Monologues.** F. Leo, *Der Monolog im Drama.* Ein Beitrag zur griechisch-roemischen Poetik. Berlin, Weidmann, 1908. (Abh der kg. Gesellschaft der Wiss. zu Göttingen. Phil.-hist. klasse. Neue Folge, X, 5).

**Prosodie et métrique.** Voyez le traité de métrique grecque et latine de L. Havet et celui de Fr. Plessis, et le *Bericht* de Lindsay, p. 158 sqq.

C F. W. Mueller, *Plautinische Prosodie,* 1869 Nachtraege, 1871.

R Klotz, *Grundzüge altroemischer Metrik.* Leipzig, 1890.

A. Spengel, *Reformvorschlaege zur Metrik der lyrischen Versarten bei Plautus.* Weidmann, 1882.

F. Leo, *Die plautinischen Cantica.* Berlin, Weidmann, 1897.

W. M. Lindsay, Introduction de son édition des *Captivi.* Londres, 1900.

E. Audouin, *De la composition métrique des Cantica de Plaute.* Dans les Mélanges Havet. Paris, Hachette. 1909 (p. 3-13).

S Sudhaus, *Der Aufbau der plautinischen Cantica.* Leipzig, Teubner, 1909. vii-154 pp. 5 m.

E. Krawczynski, *De hiatu Plautino.* Diss. inaug. Breslau, 1906.

J. Vahlen, *Kritische Bemerkungen zur Verstechnik des Plautus.* Sitzungsber. der Berl. Akad., 1907, p. 706-720.

**Captivi** (suite de la Bibliographie, voy. notre édition, p. 42).

G. ABRAHAM, *Studia Plautina*. Teubner, 1884 (v. 338.493.836.865. 911.1026). Jahrb. de Fleckeisen, Suppbd. 14.

E. W. FAY, *Note on insputarier* (v. 550-3-5). Classical Review, VIII, 1894, p. 391-2.

F. GAFFIOT, *Pour le vrai Latin*. I. Paris, Leroux, 1909. Capt. 206ᵇ-207ᵇ (p. 14); 271 (p. 94); 592 (p. 56).

V. LINDSTRÖM, *Commentarii Plautini in fabulas legendas et explicandas studia*. Holmiae, Svanbäck. 1907, v. 72 (p. 71), 102 (110 n.), 249 (6 n.), 420 (73), 470 (137 sq.), 636 (75).

G. RAMAIN, *Revue de Philologie*, 1907, p. 142-150. Vers 184, 551-556; 572-574; 611 612; 928-930.

E SICKER, *Novae Quaestiones Plautinae*. Philologus, Supplbd. XI, 2, p. 179-252, v. 85 (p. 193), 302 (228), 371 (189), 495 (235 sq.), 509 (242), 538 (242 sq.), 660 (226 sq.), 765 sqq., (247 sq.), 1046 (196).

J. VAHLEN, *Opuscula Academica*. II. Vers 119.327.399.426.487 sq. 573 sq. 835.870 955.977-978.

F. GAFFIOT, *Le prétendu subjonctif de répétition dans Plaute*. Bacch. 420-434. *Revue de Philologie*, 29, p. 30-32.

F. GUSTAFSSON, *Paratactica latina*. I. Progr. acad. Helsingforsiae, 1909, 79 pp.

F. LEO, *Analecta Plautina de figuris sermonis*. I-III. Progr. Gottingen. 1896, 1898 et 1906.



---

*T. Macci Plauti Captivi.* In usum lectionum suarum ed. J P. Waltzing. 1909. 3 fr.

*Les Captifs.* Comédie de Plaute. Traduction littérale, précédée d'une introduction, accompagnée de notes explicatives et ornée de sept figures. 3 fr. 50

www.ingramcontent.com/pod-product-compliance
Ingram Content Group UK Ltd.
Pitfield, Milton Keynes, MK11 3LW, UK
UKHW021626260726
13994UKWH00003B/1102